いま読む！名著

ドストエフスキー『白痴』を読み直す

〈顔の世紀〉の果てに

番場 俊
Satoshi BAMBA

現代書館

いま読む！名著

〈顔の世紀〉の果てに

ドストエフスキー『白痴』を読み直す

＊

目次

いま読む！名著

〈顔の世紀〉の果てに

ドストエフスキー『白痴』を読み直す

序章

顔の世紀

問い

いささか乱暴に、しかし、できるかぎり誠実に問うてみよう。

いま、私たちは、〈顔〉をどのように生きているのか？

あるいは――私たちは〈顔の世紀〉を生きているのだろうか？

とりあえず、ここで「顔を生きる」というのは、「自分自身や他人の顔との関係を切実なものとして経験する」というくらいの意味だ。私の顔、あなたの顔、見知らぬ他人の顔、有名人の顔、人間であったり人間もどきであったりするキャラクターたち……私たちの身のまわりには様々な顔があふれているが、量が問題なのではない。私たちの眼の前を横切る顔とのあいだに、私たちはいったいどのような関係を結んでいるのだろうか。言葉を通して、声を通して、行動を通して、私たちは自分自身と、他者と関わる。そのなかで、〈顔〉はいったいどのような地位を占めているだろう。


安易な答えを避けるために、模範的な例を二つ挙げよう。フランスの記号学者ロラン・バルトは、現代が「映像の世紀」であるという決まり文句に異を唱えたことがある。身のまわりの映像をあらためて見てみるがよい。どれにも当たり前のように説明文《キャプション》がついていて、私たちの瞳を奪っているではないか。「今日、マス・コミュニケーションのレベルでは、あらゆる映像に言語的メッセージが存在しているように思える。見出し、説明文、記事、映画のせりふ、漫画の吹き出しとして。このことから見ても、映像文明を云々するのはあまり正しくないことがわかるだろう。われわれはまだ、そして、これまで以上に、文字《エクリチュール》文明の中にいるのである」[*1]。映画批評の蓮實重彦は、二〇世紀がトーキー映画の世紀であったという常識は誤りだと断言している。私たちは遺影の前で故人を偲び、二〇〇一年九月一一日の出来事の記憶を鮮烈な映像としてもっている。だが、葬儀の場で生前に録音された故人の声が再生されることはないし、記憶のなかの九・一一の映像に音声はついていない。なぜか？ 私たちが無意識のうちに〈声〉を怖れているからだ。「声は、イメージと異なり、まさに身体そのものであるがゆえに、かえって触れがたい領域に身を隠しつづけているのである。映画など誰にも撮れるが、あらゆる者が等しく声の再現にかかわってはならない。あからさまに明言されることのないその暗黙の禁止が、二〇世紀の歴史を複雑に染めあげている」。それゆえ、「二〇世紀は、トーキーよりも、むしろサイレント映画を持ってしまったことで記憶さるべき時代なのだ」[*2]と蓮實はいうのである。

バルトと蓮實にならい、現代が映像の世紀であり、視聴覚メディアの世紀であるといった決まり文句を疑いうるだけの慎重さをもって、あらためて考えてみよう。私たちはいま〈顔の世紀〉を生きているといえるだろうか？ 本当に〈顔〉なのか？ いまなお〈顔〉なのか？

一九世紀

古典的名著の現代的な読み直しという本シリーズの枠組みのなかで、帝政期ロシアの小説家フョードル・ミハイロヴィチ・ドストエフスキー（一八二一―一八八一）の長編小説『白痴』（一八六八年）を読み直そうとしている私たち――もちろん、今回はじめて読んでみようというのでもかまわない

——が問おうとしているのは、〈顔〉に対するこのような問いである。だが、なぜ「古典」なのか？　私たち自身の〈顔〉の経験を問おうとしている私たちが、なぜ、一五〇年も前に異国で書かれた小説を読まなければならないのか？

　読者が抱くかもしれないこうした疑問に対しては、とりあえず、「分からない」と答えておくしかない。ドストエフスキーは誰もが認める大作家だし、『白痴』は（『罪と罰』や『カラマーゾフの兄弟』ほどではないにしても）ドストエフスキーの代表作の一つだから、『白痴』がいわゆる「古典」であることは間違いない。だが、今日の私たちの〈顔〉の経験にとっても、それがアクチュアルであるという保証はない。もう少し丁寧にいえば、『白痴』が世界文学史上ほかに例を見ないほどの〈顔〉の小説であることは間違いない（と私は思っている）。だが、それがいまなお私たち自身の〈顔〉の問題でもあるかどうかは、テクストに取り組み、粘り強く思考することなしには答えられないのだ。

　おそらくこれが、（ギリシア・ローマや王朝時代の作品なども含む）古典一般でも、（二一世紀との連続性をあえて問う必要もない）二〇世紀の古典でもない、一九世紀の古典を読むときに私たちを襲う独特な緊張感なのだと思う。それは、証明ずみの永遠の価値を反芻することでも、直近の課題への解決策を探ることでもない。一九世紀の古典を読むとは、いまなお私たちでありつづけているものと、いままさに私たちから遠ざかりつつあるものの境界に身を置くことだ。*3 私たちはいまなお〈顔〉との切実な関係を生きている（人間は見た目が九割などという本が売れたりする）。だが、私たちは〈顔〉との関係を失いつつあるかもしれないし、これまで〈顔〉と呼んできたものの深刻な変容を経験しつつあるかもしれない（たった一枚の色褪せた写真に注がれた無限の郷愁は、スマートフォンに保存された数千枚の写真データのなかに溶解してしまった）。一九世紀の古典として『白痴』を読むことは、だから、「これは私（たち）の顔なのか？」という問いを不断に問いつづけることになるだろう。

札幌の写真館

とはいえ、いきなり、ややこしい名前をしたロシア人たちの顔に向き合うのは辛いというのなら、まずは試しに、黒澤明（一九一〇―一九九八）監督の同名の映画（一九五一年）を観てみよう。小説と映画が違うのは当たり前だが、ひょっとすると一九世紀のロシアと二一世紀の私たちのあいだの橋渡しをしてくれるかもしれない。

映画の冒頭、青函連絡船から函館本線をへて札幌に向かう道中で、二人の青年が出会う。赤間伝吉（三船敏郎、原作のロゴージン）は、一目惚れした女性、那須妙子（原節子、ナスターシャ・フィリッポヴナ）への贈物のために父親の金をくすねて勘当されていたが、その父親が急逝したので、遺産を受け取りに帰るところ。亀田欽司（森雅之、ムイシキン）は、沖縄で戦犯と間違われて処刑されそうになったショックで白痴（癲癇性痴呆）になり、長らく米軍の病院に収容されていたのだが、病気がかなりよくなったので、遠い親戚を頼って北海道にやってきたところだ。雪の降りしきる札幌駅に着いた二人は、ドン・コサック合唱団の歌うロシア民謡のBGMがゆるやかに流れるなか、駅前の雑踏を抜け、とある写真館のウィンドウの前に立ちどまる。彼らが眺め入るのは、黒っぽいドレスに身をつつんだ女性の巨大な肖像写真だ。「どうだ。これが、さっき話した那須妙子って女だよ」。ウィンドウの前に立つ二人を背後から捉えたショットが、写真の大写しに切り替わり、さらに、ガラスに写った二人の顔とガラスの向こうの写真の顔がかたち作る三角形をやや仰角で捉えたショットに切り替わる。のちにこの女性をめぐって宿命的な三角関係を演じることになる二人の男のあいだで、奇妙な会話が交わされる。

亀田、ジッと写真を見つめたまま、

「綺麗ですねえ。……しかし……」
赤間「しかし?……何だい?」
亀田「……しかし……何だかこの顔を見てると胸が痛くなる」
赤間「どうして?」
亀田「多分……この人は……とても不倖せな人なんでしょう」

奇妙な言葉に当惑した赤間は、亀田が涙を流していることに気づいて仰天する。

「どうしたんだ? お前、涙なんか出して……」
亀田「いえ……ただ……この写真を見てるうちに……つい……」

向き直って相手の顔を見つめる赤間の当惑はいっそうつのるばかりだ。

「お前って奴ア……全く妙な人間だなア……。どういう訳だか、俺に変な気おこさせるぜ。……お前を見てると、なんだか、生まれたての羊の子見てる時のような、やさしい気持ちになりやがる……[*4]」

映画そのものの評価はいまは措《お》く。従来の批評は概して否定的で、「すべて原作通りではあるが、あまりにも逐語訳的な置き換えをした結果、魂のほうはまるで抜けてしまった」退屈な映画であり、そのわざとらしい演出――「原節子はケープを使ってもったいぶった身ぶりをし、森雅之は小芝居向きの型にはまった演技をし、三船は絶叫して眼をギョロつかせ」る――は見るに堪えないというドナルド・リチーの酷評[*5]もある程度当たっているような気がするし、そもそも長くて複雑すぎて、ドストエフスキーの原作を読んだことのない観客は話の筋すら分からなかったのではないかという疑念も浮かぶ。

だが、ともあれ、札幌の写真館のシーンはすばらしい。それをはたして「感動」と呼ぶべきかどうかはさだかではないが、ウィンドウの前に立つ二人の男たちとともに、私もまた、この写真の顔から眼をそらすことができない。四方田犬彦は、原節子を北欧の女優グレタ・ガルボになぞらえ、

「運動する映像として定義された映画のなかにあって、なおかつ静止状態のまま観念的な威厳を保ち続ける美の君臨[*6]」と巧みに表現していたが、同時にそれは、いまにも崩れてしまいそうな不安定な均衡でもある。美しいが怖ろしげでもあり、傲慢だがいまにも泣き出してしまいそうな顔……。不動のはずの写真になにかある種の動きのようなものを感じるのは、不断に落ちかかる雪のせいもあろうか。原作にはない写真館のシーンを挿入することで、黒澤の映画は、『白痴』がまず第一に〈顔〉の物語であり、顔を前にして絶句する顔たちの物語であることを強調している。だが、それだけだろうか。

写真

映画の写真館のシーンに該当する箇所をドストエフスキーの原作から抜き出してみよう。主人公のムイシキン公爵は、ヒロインのナスターシャ・フィリッポヴナがその花婿候補（ガーニャ）に贈った肖像写真にしげしげと眺め入る。それにつづく公爵の振舞いは、札幌の写真店の前で長々と立ちどまる二人の男たちに劣らず、唐突だ。

彼は、この顔のうちに隠されていて、先ほど自分を驚かせたものの正体を見きわめたいと思ったのである。先の印象はほぼそのまま残っていたが、急いでなにかをもう一度確かめたいようだった。美しさにおいても、さらに別のなにものかによっても並外れたその顔が、いま彼をいっそう強く驚かせた。限りない傲慢や、ほとんど憎悪に近いほどの軽蔑と同時に、この顔にはどこか信じやすく、驚くほど無邪気なところがあって、両者のコントラストのせいで、この顔を見ていると、自分まで苦しくなってくる。青白い顔、ほとんど落ち窪んだ頬、燃えるような眼――そのまばゆいばかりの美しさは耐えがたいほどだった。奇妙な美だ！公爵は一分ばかり眺めていたが、ふとわれに返ってあたりを見回すと、急いで肖像を唇に近づけて、それに接吻した。（『白痴』第一部第七章）[*7]

ある研究者は、エマニュエル・レヴィナス（一九〇六－一九九五）の哲学を参照しつつ、『白痴』を「顔と顔との遭遇という本源的な出来事の探求」として読むべきだと主張している。[*8] たしかに、今日、〈顔〉について考えようとするならば、この旧ロシア帝国領リトアニア生まれのユダヤ人哲学者の名を逸するわけにはいかないだろう。ムイシキンの写真への接吻が、聖像《イコン》に接吻するロシアの民衆の伝統を思わせることもしばしば指摘されてきた。[*9] この敬虔な身振りは、『白痴』の〈顔〉への倫理的・宗教的な問いを呼び寄せる。

だが、黒澤の映画を通してドストエフスキーの小説に入ってきた私たちは、即座に「それでは十分ではない」ということができるだろう。札幌の写真館においても、ペテルブルクの客間においても、問題となっていたのは一人の美しい女性ではなく（あるいは、それだけではなく）、美しい女性を撮影した一枚の写真である。顔ではなく顔のイメージが、身体の現前ではなくテクノロジーによるその複製が、物語を駆動している。要するに、ここで私たちは、レヴィナスが明示的に問うことのなかった問い——顔とメディアという問いに突き当たっているように思われるのである。

ドストエフスキーとメディア。この問題をいちはやく指摘したのが、小林秀雄（一九〇二―一九八三）だったというのは、やや意外かもしれない。一九三四年から三五年にかけて発表された最初の『白痴』論で、彼はこう書いている。

> ムィシュキンを苦しめるのは、ナスタアシャという女ではない。その顔である。［…］彼に必要だったものは、ナスタアシャの写真が彼に与えた一つの固定観念であり、ナスタアシャという女は、ムィシュキンにとって、最後まで、写真の印象を一歩も出ていないのだ。（「「白痴」についてI」）*10

黒澤と小林の影響関係を云々したいわけではないし、小林がメディア論的な観点をどこまで貫徹しえたかという点に関しては先に疑念を呈したこともあるので、いまは触れない。*11 ただ、これから『白痴』を読みはじめるに当たって、黒澤と小林を想起しつつ、脳裏に一枚の写真を浮かび上がらせておきたいのだ。——映画と違って小説ではけっして実際に眼にすることのできない、ナスターシャ・フィリッポヴナの青ざめた顔の写真を。

メディアの時代

事実、ドストエフスキーが『白痴』を書いたのは、ロシアにメディアの時代が到来し、個人の顔の映像が大量に複製されて、国民的なスターが誕生する条件が整いつつある瞬間だった。写真家セルゲイ・レヴィツキー(一八一九―一八九八)が進歩派の雑誌『同時代人』に集う作家たち(トゥルゲーネフ、ゴンチャロフ、トルストイなど)の有名な集団肖像写真を撮影したのが一八五六年、アンドレイ・デニエル(一八二〇―一八九二)が『肖像写真アルバム ロシアの皇族と有名人たち』を分冊で刊行して好評を博したのが一八六五―一八六六年。*12 いわゆる「有名人《セレブ》」の出現である。だが、この時期、メディアにフィーチャーされるようになったのは、上流階級の名士や作家ばかりではない。

象徴的な出来事は、ドストエフスキーが『罪と罰』の連載をはじめてほどない一八六六年四月四日に起こった皇帝アレクサンドル二世の暗殺未遂事件である。そこで脚光を浴びたのは、ロシア史上初のテロリストとも呼ばれるドミートリー・カラコーゾフその人ではなかった。たまたまそこを通りかかり、とっさにカラコーゾフに飛びかかって皇帝の命を救った、名もない帽子職人オシップ・コミサーロフである。政府はカラコーゾフに関する情報を厳密に統制する一方、銃をかまえた実行犯に素手で向かっていったコミサーロフの「皇帝に捧げた命」(グリンカのオペラの題名)を称賛し、人心の動揺を抑え、帝政の盤石を誇示するべく利用し尽くそうとした。コミサーロフは貴族の位を与えられ、記念メダルが作られ、数週間のうちに、事件の顚末と彼の伝記をまとめた五種類もの小冊子が刊行される。新聞紙面は整備されたばかりの電信網を通して全国各地から送られてきたコミサーロフに対する感謝の言葉で埋め尽くされ、人々はコミサーロフ・キャンディーを食べ、コミサーロフ・ビールを飲み、コミサーロフ煙草をふかす。写真をもとに製作された銅版が、その頃出はじめたばかりの挿絵入り新聞に掲載され、これも当時の最新流行だった名刺判写真《カルト・ド・ヴィジット》が、安価でかつ大量に販売される。歴史家がいうように、彼は「ロシアで最初の近代マスメディアのスター」だったのであり、ロシアにおける皇帝《ツァーリ》と民衆《ナロード》との時代を超えた結びつきを示すアイコンとして、その顔は帝政ロシアの隅々まで広まっていった。とはいえ、反体制側も負けてはいない。シベリアのデカブリストたち、亡命中のゲルツェンとその同志たち、獄中のミハイロフといった急進派のリーダーたちの肖像写真が次々に撮影されて、地下社会のフェティッシュとなる。テロリストの英雄も例外ではなかった。同年五月一八日、第三課の諜報活動はカラコーゾフの写真がひそかに出まわっていることをつきとめている。どこから入手したものか、それは第三課が撮影した犯人の顔写真とは別のものだったという……。[*13]

〈顔〉が政治の手段となる時代が到来しつつある。顔を見せるのか見せないのか、見せるとしたらどのように見せるのか、映像の流通をどのように促し、どのように規制するのか——それが権力闘争の鍵となる。私たちの時代がすぐそこまできている。メディアの顔の時代である。

顔の原理

私たちの問いは、こうして、〈顔〉の歴史性という問いに向かっていくことになるだろう。だが、その前にぜひ確認しておかなければならないことがある。顔という特異な身体部位についていかなるかたちで語るにせよ、絶対に落とすことのできないポイント、私の顔は私には見えないという事実である。

私の顔は私には見えず、他者という鏡を必要とする。当たり前のことだ。だが、この単純な事実――本書ではそれを〈顔の原理〉と呼ぼう――を極限まで突き詰めて考えようとした者は少ない。その一人、ミハイル・バフチン（一八九五―一九七五）は、のちに「ポリフォニー小説」論の提唱によって知られることになるロシアの思想家だが、若き日の哲学的草稿「美的活動における作者と主人公」（一九二〇年代前半執筆）において、次のように書いていた。

私が、私の外にあって私に向かい合っている人間の全体を観照するとき、私たちが現実に経験する具体的な視野は一致しない。いかなるときにも、私が観照するこの他者がどのような立場にいてどれだけ私に近かろうとも、私は、私の外にあり私に向かい合っている彼自身の場所からは見えないなにかを、つねに見て知っていることだろう。彼自身には見えない身体の部分――頭、顔、その表情――や、彼の背後の世界、私たちのあれこれの相互関係において私には見えるが彼には見えない多くの対象や関係を。*14

新しい道徳哲学を模索していた若きバフチンがこだわっていたのは、要するに〈顔の原理〉だった（彼自身はそんな言葉は使っていないが）。私の視野とあなたの視野はけっして一致しない。「私」とは自分の顔を見ることができない者のことであり、「その他すべての他者」とは、（少なくとも原理的には）私がその顔を見ることができる者のことである。両者を隔てる深淵を越えることはできない。そもそも「人間」一般について語ろうとするのが間違いなのだとまでバフチンはいう。「人間の身体一般について語るのはナンセンスである。それぞれがただ一つの生を生きる現実の人間にとって、身体は二つの、本質的に異なるしかたで経験されるからである。すなわち私の身体と他者の身体である」[*15]。引用中の「身体」を「顔」と置き換えてみれば容易に納得できるだろう。バフチンは〈顔〉の思想家なのだ[*16]。

ここから導き出されるのが、「私」の人格にとっての「他者」の絶対的な必要性である。

見、記憶し、取り集めて統合する他者の能動性が必要なのであって、それだけが外的に完成した人格をつくりだすことができる。この人格は、他者がそれをつくりださなければ存在しないだろう[*17]。

この関係を逆転してみよう。眼の前に他者の顔がある——札幌の写真館に飾られた那須妙子の写真、自分ではない男に贈られたナスターシャ・フィリッポヴナの写真……顔は単独ではありえないのだから、私たちの眼の前にある顔の表象は、何者かによってその顔が見つめられ、呼び出されていたことの痕跡だ。だから、この顔を理解しようとする私たちは、そこに見えている顔ではなく、その顔を召喚した見えない他者のまなざしを想像してみなければならない。内面性の深みのうちに顔の意味を探るのではなく、その手前で顔に向かいあい、顔を注視し、表象しようとしている存在にまなざしを注ぐこと。〈顔の原理〉から導き出される私たちの顔への問いの方法論的指針は、したがって、以下のように定式化されることになるだろう――この顔を在らしめているのは、どのようなまなざしなのか。那須妙子の写真が飾られた札幌の写真館のウィンドウに、写真の顔を見つめる赤間と亀田の顔を映り込ませた黒澤のショットは、ここでも示唆的である。それは、顔をめぐる私たちの探究を導くモデルになってくれるはずだ。

本書の構成

本書は「顔の小説」という観点からドストエフスキーの長編小説『白痴』を読み直す試み――あるいは、『白痴』を読みながら、〈顔〉についていろいろ考えてみる試み――である。いわゆる作家論ではないから、作家の伝記的な事実としては、『白痴』を読むうえで最低限知っておいたほうがよいことだけを確認しておこう。フョードル・ミハイロヴィチ・ドストエフスキーは一八二一年モスクワ生まれ。工兵学校卒業後、しばらく工兵局製図室の官吏を勤めたのち、『貧しき人々』（一八四六年）でデビュー。一八四九年、反体制的陰謀に加わったかどで逮捕され（ペトラシェフスキー事件）、死刑判決を受けるが、処刑執行直前に恩赦を受け、シベリア流刑に処される（『白痴』のなかでムイシキン公爵の知人の経験として語られるエピソードは、だから作家自身の体験でもあったことになる)。一八五九年にペテルブルクの文壇に復帰。『罪と罰』(一八六六年)、『白痴』(一八六八年)、『悪霊』(一八七一―七二年)、『未成年』(一八七五年)、『カラマーゾフの兄弟』(一八七九―八〇年)とあいついで長編小説を発表し、一八八一年、皇帝アレクサンドル二世暗殺直前のペテルブルクで死去。このほか、『白痴』と関係が深い伝記的事実として、作家を長きにわたって苦しめた癲癇の病がある(『白痴』が執筆された外国滞在中はとりわけ発作が頻繁な時期だった)。発病とフョードル一七歳のときの父親の死を結びつけたフロイトの精神分析的仮説(「ドストエフスキーと父親殺し」一九二八年)は、今日では事実によってほぼ否定されている。父親が農奴たちによって惨殺されたという言い伝えも同様[*18]……とりあえず、このくらいだろうか。

各章の配列はおおむね小説の展開に従う。第一章「文字と顔」では、字がめちゃめちゃきれいというムイシキンの意外なキャラクター設定を手がかりに、ゴーゴリ以後のロシア文学史の文脈のなかで、ドストエフスキーにおける〈顔〉の主題の生成をたどる。第二章「キャラクターの遊戯」および第三章「メディアと情動」では、遠いスイスから北方の首都ペテルブルクに現れた公爵のまわりで繰り広げられる錯綜した〈顔〉の経験を記述しよう。世界文学史上まれに見るひとめぼれ小説といってよい『白痴』には、一八世紀末のラファーターにはじまる近代観相学の伝統や、写真の登場と普及にともなう一九世紀後半のメディア環境の変化といった歴史的コンテクストが幾重にも折り畳まれている。ドストエフスキーは漠然と思われているよりもはるかに時代に制約された作家であって、時代を超えたその意義を探求することが私たちの究極の目的であったとしても、歴史性の吟味をなおざりにするわけにはいかないのである（以上はほぼ小説の第一部に当たる）。

第四章「美術館のドストエフスキー」では、作品中に登場するホルバインの絵画を手がかりに、メディアとしての美術館を（映画以前の）クロースアップの誕生という観点から論じてみよう。晩年の書斎のソファー・ベッドの傍らにラファエッロの豪華な写真複製画を架けていたドストエフスキーは、〈顔〉の経験のメディア論的変容を身をもって体験した作家でもあったのだ（この章はだいたい小説の第二部あたりを扱っている）。

第五章「顔が消える」と第六章「身振り」は、混迷を深めていく第三部以降の展開を追いながら、〈顔〉の個体性とはなにかという問いを突き詰めていくことになりそうだ。『白痴』という小説の驚きは、登場人物たちのまなざしが注がれていた美しい顔から次第に表情が剝がれ落ち、ただ「恐怖」を呼び起こすもの、単に「それ」と名指されるだけの空虚な表面へと凝固していくことにほかならない。顔からいっさいの特性が失われていく。そのとき、〈顔〉がなおも「その」顔でありうるのはどのようにしてなのか？

終章「私たちの顔はどこにあるのか」では、『白痴』のテクストを離れて、二一世紀に生きる私たちを取り巻く状況について考えてみよう。キャラクター文化の隆盛、九・一一以降の監視社会と顔認証技術の急速な発展といった話題を取り上げながら、私たちがいまなお〈顔〉であることの意味を考えてみたい。

本書の題名について一言。ここでいう〈顔の世紀〉とは、ほぼ、一九世紀前半の西欧におけるラファーター観相学の流行から二〇世紀前半の映画におけるクロースアップの出現までを指しているが、このことは必ずしも、一つの〈顔〉の時代が終わり、その果てになにか別の時代が来たということを意味しない。人間の顔に対する特殊な関心が誕生し、展開し、衰退する単線的な歴史を語ろうとしているわけではないのだ。むしろ私たちが関心を向けるのは様々な〈顔〉の分散した経験であって、それらのあいだの推移と葛藤、たえまない変容と思いがけない再生が本書の主題になる。〈顔〉の諸経験の拡がりと孤絶ぶりは、例えば、レヴィナスの顔を論じる者が写真に触れようとせず、まんがやアニメの「キャラ」と観相学の「性格《キャラクター》」と小説の「登場人物《キャラクター》」がそれぞれほぼ没交渉に語られるといった現状のうちにも現れているだろう。本書では広く〈顔〉に関わる諸領域の言説――現代思想、社会学、映画論、まんが論など――を見境なく取り込むが、それは、〈顔の世紀〉における経験の分散をできるだけ省略せずに記述し、その「果て」の見きわめがたさを読者とともに納得することを目指しているからである。

それでは、まずは文字《キャラクター》からはじめてみよう。

＊1　ロラン・バルト、「映像の修辞学」、三一ページ。なお、本書では、引用文中の強調はとくに断らないかぎり原文のものである。

＊2　蓮實重彥、『ゴダール　マネ　フーコー』、一六七―一六

九ページ

＊3 遠藤知巳、『情念・感情・顔』

＊4 『全集　黒澤明』第三巻、八〇八一ページ

＊5 ドナルド・リチー、『黒澤明の映画』、二二一―二二四ページ

＊6 四方田犬彦、『李香蘭と原節子』、一六ページ

＊7 ドストエフスキーのテクストはアカデミー版三〇巻全集により、特に必要な場合を除いて部と章のみを本文中に示した。引用の翻訳はすべて筆者によるが、『白痴』については望月哲男のすぐれた訳業を参照している（河出文庫、二〇一〇年）。

＊8 Leslie A. Johnson, "The Face of the Other in *Idiot*"

＊9 Richard Peace, *Dostoyevsky: An Examination of the Major Novels*, p. 83

＊10 『新訂小林秀雄全集』第六巻、九九ページ。表記は新字新仮名遣いに改めた。

＊11 番場俊、「小林秀雄のドストエフスキー／再読」

＊12 David Elliott, ed., *Photography in Russia, 1840-1949*, pp. 34-35; Н. Н. Рахманов, сост., *Русская фотография*, с. 27

＊13 Claudia Verhoeven, *The Odd Man Karakozov*, pp. 66-84

＊14 Бахтин, *Собр. соч.*, т. 1, с. 104

＊15 Бахтин, *Собр. соч.*, т. 1, с. 125

＊16 バフチンは〈声〉の思想家なのだという、かつて私自身が提示した読みは、従って、いささか一面的にすぎるものであったように思われる（番場俊、「声の出来事」）。

＊17 Бахтин, *Собр. соч.*, т. 1, с. 115

＊18 フランクの評伝が簡潔にまとめている（Robert Frank, Dostoevsky: *The Seeds of Revolt, 1821-1849*, pp. 86-87 and "Appendix: Freud' s Case-History of Dostoevsky"）。

第1章

文字と顔

私たちは、小説が始まってまもなく、文字に耽溺する主人公に出会う。
『白痴』という作品の理解にとって、
主人公が白痴であることが重要だというのであれば、
主人公が字のきれいな白痴であることも、それと同じくらい重要である。
主人公ムイシキンは、文字を顔としてみようとしているのだ。
19世紀ロシア文学における、前−顔貌的体制から顔貌的体制への転換、
つまり近代における〈顔〉の出現という事象において
ドストエフスキーの果たした役割を考えることから、本書はスタートする。

1 〈顔〉以前

ローザノフ的切断

作家の死の一〇年後に書かれた一冊の書物から入ってみよう。著者はワシーリー・ローザノフ（一八五六―一九一九）。まだ大学在籍中の二四歳のとき、作家に対する敬愛の念のあまり、ドストエフスキーのかつての愛人で、当時すでに四〇になっていたアポリナーリヤ・スースロワと結婚したといういわくつきの人物だから、すでにどこかただならぬ雰囲気が漂っているが、それはさておき、『ドストエフスキーの大審問官伝説』（一八九一年）と名づけられたこの書物において、彼は、ドストエフスキー＝ゴーゴリの継承者というこれまでの定説を真っ向から否定してみせる。『貧しき人々』（一八四六年）によるドストエフスキーのデビューが、「新しいゴーゴリの出現」としてセンセーショナルに迎えられたことはよく知られた事実だが、ローザノフによれば、一九世紀ロシア・リアリズム小説の発展の原動力となったのは、ゴーゴリ（一八〇九―一八五二）の継承ではなく、むしろその否定であり、ゴーゴリに対する闘いだったというのだ。ドストエフスキーをはじめとする「新しい作家たち」とゴーゴリのあいだには断絶がある。彼は書いている。

誰でもよい、ゴーゴリからこれら新しい作家たちの一人に眼を移すときに、ひとが経験する変化ほど驚くべきものはない。それはあたかも、死者たちの墓地から、響きと色彩に満ち、太陽が輝き、自然の生命が溢れる花咲く庭園に移るようなものだ。われわれははじめて人間の声を聞き、人間の顔にあらわれた怒りや喜びを眼にするのだ。彼らがときにひどく滑稽なことは知っているが、それでもわれわれは彼らを愛する。彼らもまた人間であり、したがってわれわれの兄弟であると感じるがゆえに。*1

批評家ローザノフはゴーゴリ以後の文学史の切断を「顔」（さらには「声」）の隠喩を用いて語っている。「われわれははじめて人間の声を聞き、人間の顔にあらわれた怒りや喜びを眼にするのだ」——ドストエフスキーをゴーゴリから隔てるのは、前者における〈顔〉の出現であり、後者におけるその不在だと彼はいうのである。どういうことか？　伝統的な文学史的理解では、一着の外套の新調というささやかな幸福から、不条理にも一瞬で突き落とされる貧しい官吏を描いた『外套』（一八四二年）は、ヒューマンなロシア・リアリズム文学の誕生を告げるものだったということになっている。だが、ローザノフは、それは違う、なぜならばゴーゴリには「顔」がないからだという。そのことの意味を、テクストに即して具体的に考えてみたい。

ゲモロイダーリヌィ

『外套』冒頭における主人公アカーキー・アカーキエヴィチ（以下「ＡＡ」）の描写を見てみよう。

よく知られた作品をよく知られた翻訳で引用するのも芸がないので、『外套』の真価はその独特な語り手の演技性にありと喝破してゴーゴリ研究の新境地を開いたフォルマリスト、ボリス・エイヘンバウム（一八八六―一九五九）の記念碑的論文「ゴーゴリの『外套』はいかにつくられているか」（一九一八年）を受けて、『外套』の語りをまるごと落語調で再現しようとした驚嘆すべき試みである江川卓の訳から引用する。*2 すると、いきなりこんな調子なのである。

> で、そのさるお役所にさるお役人がお勤めでございました。お役人と申しましても、それはほどぱっとしたほうではございませんで、背はちんちくりん、心もちあばた面の、心もち赤茶け髪の、心もちしょぼしょぼ眼《まなこ》のご面相、額がちょっぴり禿げあがりまして、両の頬っぺたには一面のちりめん皺、そこへもってきてお顔の色が、それ、ひと目で痔瘻もちと知れるあれなんですな……*3

AAの顔から読み取られるのはその内面ではない。痔なのだ。しかしこれはまたなんという痔だろう。一見好き勝手にやっているように見える江川卓の翻訳が実はきわめて厳密なものであることは、エイヘンバウムによるこの箇所の分析を見るとよく分かる。*4「背はちんちくりん」以降、「少し」の意味を添える接尾辞「オヴァート」の繰り返しが生み出すリズム（あばた面の《リャボヴァート》、赤茶け髪の《ルイジェヴァート》、しょぼしょぼ眼の《ポッレポヴァート》）が、まずは読者の注意を惹きつける。語り手は自らの話芸を見せつけようとしているのであって、最後の言葉「痔瘻もちの《ゲモロイダーリヌィ》」も、主人公の外科的疾患を指示するためというよりは、それ自体の「喜劇的な音声的身振り《ジェスト》」ゆえに選択されているようにみえる。「ゲモロイダーリヌィ」という、「音は轟き渡るが、論理的にはほとんど無意味な、しかし、同時のその逆に調音的表現力においてははなはだ強力な」この語は、「一切意味とは無関係に壮大に幻想的に響く」のだ。原文におけるこの音声的な異化作用を、江川の訳は「痔瘻」という字の視覚的な異化作用で置き換えようとしているのだろう（漢和辞典でも引かないと読めそうもない「瘻《ろう》」の字にルビが振っていないのは、おそらくわざとだ）。エイヘンバウムにいわせれば、この箇所は「外貌の描写というよりむしろ、擬態《ミミック》調音《アーティキュレーション》による外貌の再現」なのである。面白い音の連なりを構築しているだけで、顔の描写と呼べるような代物ではない。だとすれば、『外套』の読者が思い浮かべるのは、主人公ＡＡの顔であるよりは、むしろ語り手の顔、身振り手振りをまじえて「ゲモロイダーリヌィ」と発語する語り手の顰《しか》め面だというべきではないか？[＊5]

文字への愛

次に、文書の浄書という職務に対する主人公の並々ならぬ執着を語るくだり。

　さて、ご自分の職務にこうまで打ちこめる方も、めったに見つかるものじゃございますまい。それはもう、ご精勤なんていう段ではありませんで、お勤めが恋人てなあんばいでしたな。

例の、ほれ、浄書というお仕事が、この方には、目もあやな歓楽の世界と映りまして、そのお楽しみのほどが、いちいちお顔つきにまで表われてまいります。いくつかの字ときましたら、これはもう大のお気に入りでして、いよいよその字までたどりつかれますと、さあ、そわそわにやにや、まるで落ちつかれません。片目を細めてウィンクを送るかと思えば、加勢でもなさるおつもりか、唇までもぐもぐさせたりなさいます。お顔さえ見ておれば、いまどんな字を書いておられるところか、いちいち読みとれるくらいでございました。[*6]

AAの顔から読み取れるのは、今度は極寒のペテルブルクで主人公を悩ませる外科的疾患でも、ましてやその内面でもない。字なのだ。しかしこれはまたなんという痔、いや字だろう。たしかに、「顔に書いてある」というのは日本語でも英語でもロシア語でもありふれたいい方だが、そこでいう顔とは人物の心的状態なり性格なりの表現《エクスプレッション》=表情であって、お気に入りであったり、それほどでもなかったりする文字が次々と現れては消えてゆくディスプレイではない。そもそもAAは自らの思いを文章にしたためているわけではなく、他人の文章を書き写しているだけであるし、その内容も分からない。彼の顔に読まれる文字はそれ自体としては無意味であり、かろうじて、書類の宛先に対する関係という指標的《インデクシカル》な次元において意味をもつにすぎない（「たまたまそれが立派な書類でありますと、いえ、文章が立派というのではなくて、宛先が珍しい方であるとか、位の高い方であるとかいう意味の立派でございますが、そうなるとこれはもう、無上の愉しみでございましたな」[*7]）。ゴーゴリの筆耕は文字への愛に生きている。その仕事は書き写すことであって書くことではない。ごく単純な書き換えすら、彼にとってはたいへんな苦行になってしまう。

さる長官など、根が気立てのやさしい方で、なんとかこの方の長年の労にむくいたい一心から、ただの浄書よりはいくぶんか高級な仕事をさせてみたまえ、ともお命じになりました。ほかでもありません、もうできあがっている書類にちょっぴり手を加えまして、ほかのお役所にまわす報告書を作るようにということでございます。と言いましても、ただ頭書きを書きかえて、動詞をところどころ一人称から三人称に改めるだけのことでありました。ところがこれが、この方にとっては途方もない難事業でして、汗みずくで、額を拭きふき、あげくこう言われたと申します。「いえ、やはりわたくしは浄書のほうをやらせていただきます」。それっきりこの方は、もう死ぬまで浄書係と決まりました。*8

もうできあがっている言葉にちょっぴり手を加えて、別のところに送り出す——私たちがみなやっていることだ。「剽窃」とか「コピペ」といった非難を免れるためには、他人の言葉から私の言葉を少しばかり引き離す術さえわきまえていればよい。だが、AAにはそれができない。その無能ぶりを嗤うべきだろうか。しかし、言葉を話す人々のあいだに、言葉なきものとして生まれてくる私たちは、そもそも、人から聞いたことを話し、読んだことを書くことしかできないはずではないか。言語はつねにある程度まではコピペなのである。その事実を平然と忘れている私たちのほうが、ひょっとするとAAよりもよほど愚かなのかもしれない。

記号の前――顔貌的体制

顔が痔であり、あるいはむしろ「ゲモロイダーリヌィ」と発語する想像上の語り手の顰《しか》め面であって、自らが書き写している字のディスプレイであるような光景。それを、ドゥルーズとガタリの顔論をヒントに「記号の前――顔貌的体制」と呼び、[*9]とはいえこの二人の哲学体系に忠実であることにはこだわらず、自由に敷衍してみよう。エイヘンバウムとともにロシア・フォルマリズムを代表する一人であるヴィクトル・シクロフスキー(一八九三―一九八四)は、「詩と意味を超えた言語について」(一九一六年)において、未来派の詩人や神がかりの異言《グロソラリヤ》のなどの超意味言語《サウームヌイ》を多数引用したのち、次のように述べている。

何も意味しない超意味的な語の快楽において、疑いもなく重要なのはことばの発声面である。おそらく、総じて発音面のうちに、つまり発声器官の独特なダンスのうちにこそ、詩によってもたらされる快楽の大部分がある。[…]ことばの音色がわれわれに呼び起こす印象は、ことばを聞くわれわれが話者の表情を再現し、それによって話者の情動を経験することから説明できるといってもよいかもしれない。[*10]

話者の発声器官の運動が聞き手の発声器官の運動に転移され、快楽が伝達される。原始的なテクストやゴーゴリのうちに見出されるのは、意味を欠いた言語と身体のダイレクトな共振なのだ。そこでは私たちが〈顔〉と呼ぶものは必要とされない。ドゥルーズとガタリがいうように「原始社会を考えてみれば、顔を通して作用するものはわずかである」[11]。ここではぜひ、中世の民衆の笑いの文化のカーニヴァル的転覆力を言祝《ことほ》ぐバフチンの大著『フランソワ・ラブレーの作品と中世・ルネサンスの民衆文化』（一九六五年）を参照するべきだろう。彼が「グロテスク・リアリズム」と呼ぶ中世の民衆の身体観では、個人の顔はまったく重要ではないのである。

> 人間の顔の全要素のなかで、グロテスクな身体のイメージにとって本質的な役割を演ずるのは口と鼻だけであり、しかも後者はファルスの代理である。頭の形や耳、それにやはり鼻がグロテスクな性格を帯びるのは、それが獣や事物の姿に変化していくときだけである。それに対して眼は、グロテスクな顔のイメージに、総じていかなる役割も果たしていない。眼が表現するのは純粋に個人的な、いわば自足した人間の内的生活だから、グロテスクにとっては重要ではない。グロテスクが関わりをもつのは飛び出した眼だけである。[12]

今日の私たちが知っている〈顔〉の世界とのなんという違いだろう。私たちにとって、顔はつねに誰かの顔、個人の所有物であって、その中心にあるのは心の窓としての眼である。少女まんがの顔を思い起こしてみればわかるように、眼さえしっかり描き込んであれば、口と鼻が小さな点でしか示されていなくても私たちは疑問を抱かない。私たちにとって顔とは要するに眼なのであって、口や鼻ではない。

ローザノフ的切断は記号の前―顔貌的体制から顔貌的体制への転換に関わっている。顔が身体から引き離され、集団から分離されて、個人の顔における外面と内面の分裂が、意味作用の特権的なモデルとなるのだ。そこでドストエフスキーは決定的な役割を演じていたようにみえる。それは、どのようにしてか。

2 〈顔〉の誕生

鏡の前の九等文官

処女作『貧しき人々』における鏡のシーンは、ドストエフスキーにおける〈顔〉の誕生を証しするもっとも鮮やかな例かもしれない。主人公ジェーヴシキン（『外套』のＡＡと同じ貧しい九等文官）は、ある日、書類で大きなミスをしてしまい、長官の部屋に呼び出される。精勤ぶりでは誰にも負けない彼にはついぞなかったことで、慌てふためいて閣下の部屋に駆けつけたジェーヴシキンは、偶然、そこにあった鏡に映し出された自らのみじめな姿を眼にして、すっかり取り乱してしまう。金銭的にも精神的にもとりわけ困窮していた時期のことであった。ヒロインに宛てた手紙のなかで出来事を振り返った彼はこう書いている（九月九日付）。

第一に、恥ずかしいじゃないですか。右手に鏡があったのですが、そこに映っていたものを見ただけでも気が狂いそうになりましたよ。第二に、私はできるだけ自分の存在を消すように努めてきました。だから閣下は私のことなんてほとんどご存知なかったはずなんです。

悪いことは重なるもので、まるで狙いすましたかのように、ぼろぼろになっていた制服のボタンが取れ、ちゃりんと音を立てて床に落ちて、閣下の足元に転がりだす。

結果は恐ろしいものでした！　閣下はすぐに私の恰好と服装に注意を向けられました。私は鏡に映った自分の姿を思い出し、あわててボタンを拾い上げようと飛び出したんです！　なんて馬鹿なことをしたんでしょう！

ドストエフスキーが発見したのは主人公の顔ではない。自分の顔が他人にどう見えているのかを発見した主人公の自意識であり、自意識の葛藤の舞台としての顔なのである。バフチンはいう。

「ゴーゴリの視野においては主人公の客観的な特徴の総体として与えられ、確固たる社会的性格《キャラクター》の相貌を作り上げていたものが、ドストエフスキーにおいては主人公自身の視野のなかに移し入れられ、そこで主人公の苦しみにみちた自意識の対象となる。*13」（バフチン『ドストエフスキーの詩学の諸問題』）。ドストエフスキーはジェーヴシキンにゴーゴリの『外套』を読ませている。『外套』を読んだジェーヴシキンはほかならぬ自分自身が侮辱されたと感じるのだ。彼はAAのうちに自らの姿を認め、この作品のうちに自分に対する「誹謗文」を認める。怒りにふるえる彼は文学を告発するのである。「そう、もうこうなったからには訴えねばなりませんよ、ワーレニカ。正式に訴えねばなりません」（七月八日付）。

声＝顔＝人格

ゴーゴリ的な小役人の、このちっぽけな「叛逆」――バフチンによれば、それこそが、ドストエフスキーをゴーゴリ的世界から離脱させる決定的な出来事だった。作者によって一方的に見られ、表象される客体であった主人公が、作者にまなざしを返して抗議の声をあげるとき、主人公はドストエフスキー的な小説世界における「声」の主体になる。バフチンは書いている。「生きた人間を、当事者不在のまま対象を完結させてしまう認識の声なき客体に変えてはならない。人間の中にはつねに、自己意識と言葉の自由な行為によって彼だけが明らかにすることができ、当事者不在のまま外面化する定義には屈服することのないものがある。『貧しき人々』において、ドストエフスキーは初めて、いまだ不十分でおぼろげにではあるが、人間において内的に完結することのないものを示そうとしたのである」[*14]。

「われわれははじめて人間の声を聞き、人間の顔にあらわれた怒りや喜びを眼にする」——先のローザノフのやや曖昧な主張が、顔の思想家バフチンによって、小説の具体的細部にそくして鮮やかに例証されていることに、私たちは気づくだろう。「顔」はもはや「人格」の単なる比喩ではない。ロシア語で「顔」を意味する「リツォー」は「顔」とも「人物」とも訳せる語だが、次に引用する一九四三年の草稿では、前後の文脈からいって、「顔」を「人物」と訳すことは不可能である。

> 対象そのものは自らのイメージに加担することはない。イメージは対象自身にとって、外からやってくる打撃《ウダール》であるか、外からやってくる賜物《ダール》であるが、賜物であるとしても、正当化されない、偽善的で追従的な賜物である。［…］イメージは原理的に当事者不在のものである。イメージは対象を閉じ、従って、それが変化して別のものになる可能性を無視してしまう。対象の声と、それについて語る者の声は、イメージにおいて出会い、結合することがない。［…］実証科学は世界のイメージ（世界を殺してしまうイメージ）を欠席裁判で作りあげ、生成しつつある生と意味をそこに閉じ込めてしまおうとする。欠席裁判で作りあげられた世界についてのイメージには、世界それ自身の声も、その語る顔もない。ただ背中と後頭部が見えるだけだ。（「修辞学は、その虚偽の度合いに応じて……」[*15]）。

引用文中の「対象」をAAに、「イメージ」をAAの顔に、「対象の声」と「それについて語る者の声」をAAと語り手の声に当てはめて読むと分かりやすいかもしれない。「AAは自分の顔に加担することはない。AAの声と語り手の声は、AAの顔において出会い、結合することがない……」。私たちは好奇のまなざしでAAを見るが、AAは私たちを見ていない。「声」も「語る顔」もたないそれは作者の操り人形にすぎず、一人の自立した「他者」として、私たちのまえに姿を現すことはないのだ。

〈顔〉と〈声〉と〈他者〉をめぐるこのような考察は、ごく自然に、序章で触れたレヴィナスを想起させる。事実、彼は、顔はことば《ランガージュ》であると断言しているのである。「〈他者〉が顔のうちに現出するかぎり、〈私〉は問いただされる。このことを、ことばと呼ぼう」。私の眼の前にありながら私の意識を超えた〈他者〉は、〈声〉として自らを告げ知らせる。「向こう岸から到来するこの声によって教示されるのは、超越それ自体である」[*16]。そのとき、顔はあくまでも顔でありながら、知覚される対象であることをすでにやめている。逆に言えば、顔を見ようとしていないときにこそ、私たちはいっそう〈顔〉に出会うのだ。晩年のインタビューから引こう。「他人と出会うときの最良の方法とは、まさに相手の眼の色にさえ注意を払わないようにすることなのです！　眼の色を注視しているとき、私たちは他人と社会的な関係を結んでいるわけではありません。顔との関係はなるほど、知覚に支配されるかもしれませんが、顔に特有なものは知覚に還元されえないものです[*17]」。

ゴーゴリに抗議する冴えない官吏とともにドストエフスキーが向かおうとしていたのは、他者の超越が〈顔〉と〈声〉に受肉して私たちの存在を揺さぶる、このような世界だったのである。ゴーゴリ的世界からの別離は決定的なものにみえる。

3 文字の回帰

ムイシキン公爵の第一の試験

だが、どうやら、ことはそう簡単ではないらしい。処女作『貧しき人々』から二〇年余り、小説家としてますます円熟しつつあったドストエフスキーの長編小説『白痴』を読みはじめた私たちは、小説がはじまってまもなく、不意に、文字に耽溺するAAの末裔に出会って驚かされるのだ。どんな場面だったか、おおまかなあらすじを確認しておこう。一一月末のある日の朝、ペテルブルク—ワルシャワ鉄道の長旅を終えた主人公ムイシキン公爵は、ペテルブルクに降り立ったその足で、遠戚にあたるエパンチン将軍家を訪問する。簡単な自己紹介を終えた彼は、役所の仕事を斡旋しようという将軍の厚意により、将軍の執務室で習字《カリグラフィー》の試験を受けることになる。ところが、課題を書き上げたムイシキンは、突然、文字に関する蘊蓄を滔々と語り出すのだ。その、あまりにも長い演説の最初の三分の一ほどを引用してみよう。

「ほほう！」公爵が差し出した習字《カリグラフィー》の試し書きを見て将軍は叫んだ。「これはまったくお手本じゃないか！ それもめったにないような見事なお手本だ。ほら、ガーニャ、見てごらん。たいした才能だよ」。

厚い犢皮紙《とくひし》に公爵は中世ロシアの書体で次のような文句を書いていた。

《慎ましき修道院長パフヌーチーみずから記す》

「これは修道院長パフヌーチー自身の署名です」公爵はひどく満足げに活気づいて説明しだした。「一四世紀の写しからとったものですが、わが国の昔の修道院長とか府主教といった人たちはみなすばらしい署名をしていたのです。ときにたいへんなセンスと熱意がうかがえるのですよ！ 将軍、お宅にせめてポゴージンの本でもありませんか？ それからここは別の書体で書いてみました。これは前世紀の丸みのある大ぶりなフランス書体ですが、まるで書き方が違う文字もあるでしょう。民衆の書体で、公の代書人が使った書体です。彼らの手本から借用しました（一冊持っていたんです）。どうです、まんざら捨てたものでもないでしょう。この丸みを帯びた∂《デー》や*a*《アー》を見て下さい。フランス書体の性格をロシア文字に移してみたのです。たいへん難しいですが、うまくいきました。（第一部第三章）

この調子であと二倍ほど続く。今日であれば間違いなく「おたく」的といわれたであろうところだ。この長談義はいったいなんなのか？　実は、分からないことずくめなのである。まず、具体的な指示対象が分からない。「修道院長パフヌーチー」とか「ポゴージンの本」がいったいなにを指しているのかは、アカデミー版全集の註でも読まないかぎり分からないし（とはいえこれにも実は怪しいところがある）[*18]、「フランス書体の性格を移したロシア文字」とは、いったいどんなものか？　さらに、このエピソードが物語の全体にどう関わるのか分からない。直後にアグラーヤのアルバムに記念の書き込みをする場面はある――ガーニャへの拒絶をムイシキンに習字で書かせるアグラーヤという演出は秀逸だ――が、それを最後に、字がめちゃめちゃきれいというムイシキンのキャラクター設定は一度も顧みられることがない。小説のはじまりに一瞬だけ現れる過剰、捨て去ったはずのゴーゴリ的な文字愛の回帰。それを、私たちはいったいどのように理解したらよいのか？　字がきれいな主人公という設定をドストエフスキーは忘れてしまったのか？

字がきれいな白痴

なんでそんなことにこだわるかというと、字がきれいな主人公という設定が、『白痴』の構想の、まさしく最初の段階から残った、数少ない設定の一つだからだ。この作品の執筆があいつぐプランの変更で難航し、極度の混乱のなかで進められたことはよく知られている。一八六七年九月、『白痴』の構想に着手したドストエフスキーは、それからほぼ三か月のあいだ、七つものプランをあれこれいじりまわしたあげく、一八六七年一二月四日、すべてを放棄してまったく新しい小説を書きはじめる。驚くのはこの変化の激しさだ。一八六七年秋に構想されていた小説のプロットは、どれも今日私たちが知っている『白痴』とはまったく異なるものだったのである。最初期のプランを見てみよう。そこで主人公の《白痴》は零落した地主一家の次男として登場する。

そして、最後に、《白痴》がいる。彼を白痴と呼ぶのは彼を嫌う母親である。家族全員を養っているが、何もしていないと思われている。癲癇と神経性の発作がある。学校教育は終えていない。家族と一緒に住んでいる。〔姉の〕《婚約者》の従姉妹を秘かに愛しているが、彼女は彼を憎み、白痴や下男以下の存在として軽蔑している。（彼女を送る途中、通りで接吻する。）（男が自分に惚れ込んでいることを知った彼女は、退屈しのぎに彼をからかって彼を激昂させる。彼女は二四歳。そんなあるとき、彼はミニョン〔＝一家の養女〕を凌辱する。家に放火する。彼女の命令で指を焼いた。）《白痴》の情欲は強く、灼けるように愛を求めるが、途方もなく傲慢で、傲慢ゆえに自分を抑え、自制しようとする。辱めのうちに快楽を見いだす。彼を知らない者は嘲笑するが、知ると怖れるようになる。*19

ご覧の通り途方もないキャラクターであって、「白痴」と呼ばれていること以外、柔和なムイシキン公爵との共通点などありそうもない（ここから連想できるのは、せいぜい『白痴』のロゴージンか、あるいはむしろ『悪霊』のスタヴローギンだろう）。すると、構想段階の「悪いムイシキン」と、最終稿の

「善いムイシキン」がいたということだろうか？　あるいはむしろ、両者のあいだに有機的な発展を仮定し、「悪いムイシキン」の暗い情念の残滓を「善いムイシキン」のうちに探すべきだろうか？[20]　だが、面倒な草稿研究に深入りしなくても、両者のつながりは意外にもずっと手近なところに見つかる。先の引用の数行先で、意外なことに、彼もまたムイシキンと同じ能書家であることが明らかにされているのだ。最初期のプランで《白痴》は、姉の《婚約者》が斡旋してくれた役所に三日だけ勤めるものの、すぐに喧嘩して飛び出してしまうことになっているが、そこにドストエフスキーはこんなふうに書きつけているのである。「どんな喧嘩だったのか、長時間どんなふうに浄書をしていたのか描写すること。字はきれいだ」[21]。

主人公の字がきれいであることは、主人公が白痴であることとならんで、『白痴』の最初の構想から完成稿まで変わらずに保持された、ほとんど唯一の特徴なのである[22]。しばしば引用される「本当に美しい人間を描きたい」（一八六八年一月一三日付イワノワ宛書簡）とか、「キリスト公爵」（一八六八年四月九日の創作ノート）といった言葉は、『白痴』の構想の出発点ではまったくなく、むしろかなり執筆が進んでから、後れてやってきた理念にすぎない。白痴であることとその筆跡が問題だった。『白痴』という作品の理解にとって、主人公が白痴であることが重要だというのであれば、主人公が字のきれいな白痴であることも、それと同じくらい重要なのかもしれないのである。

字がきれいな作家

だが、なぜ「筆跡」なのか？

一つには、一九世紀のロシア文学が「書く」役人の悲哀を特権的な主題としていたことがある。ツェイトリンの有名な研究によれば、『外套』が公刊された一八四〇年代、「貧しい役人」を主題とする物語が一大ブームとなり、一八五〇年までに一五〇編近い作品が書かれた。[*23] ロシア文学のゴーゴリ時代は貧しい役人たちの時代であり、つまりは、ひたすら文字を書き写す筆耕たちの時代だったのである。ドストエフスキーも例にもれず、第二作『分身』（一八四六年）は美しい筆跡で書かれた詩と書類を交換しあう分身たちの物語であるし、『弱い心』（一八四八年）は、恩人である上司に個人的に依頼された浄書の仕事を期限までに終えることができなかったために発狂する若い官吏の物語であった。文学（literature）は文字通り文字（letter）への問いだったのである。だが、それだけではない。

作家ドストエフスキーにとって、様々な書体は、それだけで特別な関心事だったのである。彼の創作ノートは、お手本のように入念に仕上げられた習字《カリグラフィー》から、思考の速度に追いつこうとでもするかのような走り書きにいたるまで、様々な筆跡の実験室ともいうべき様相を呈している。コンスタンチン・バルシトの先駆的な研究『ドストエフスキーの手稿のデッサン』が教えてくれたように、ドストエフスキーの創作ノートは活字になったものを全集で読んだだけではだめで、実物（の写真）を見なければならないのだ。図1はアカデミー版全集第八巻『白痴』に挿入された創作ノートの写

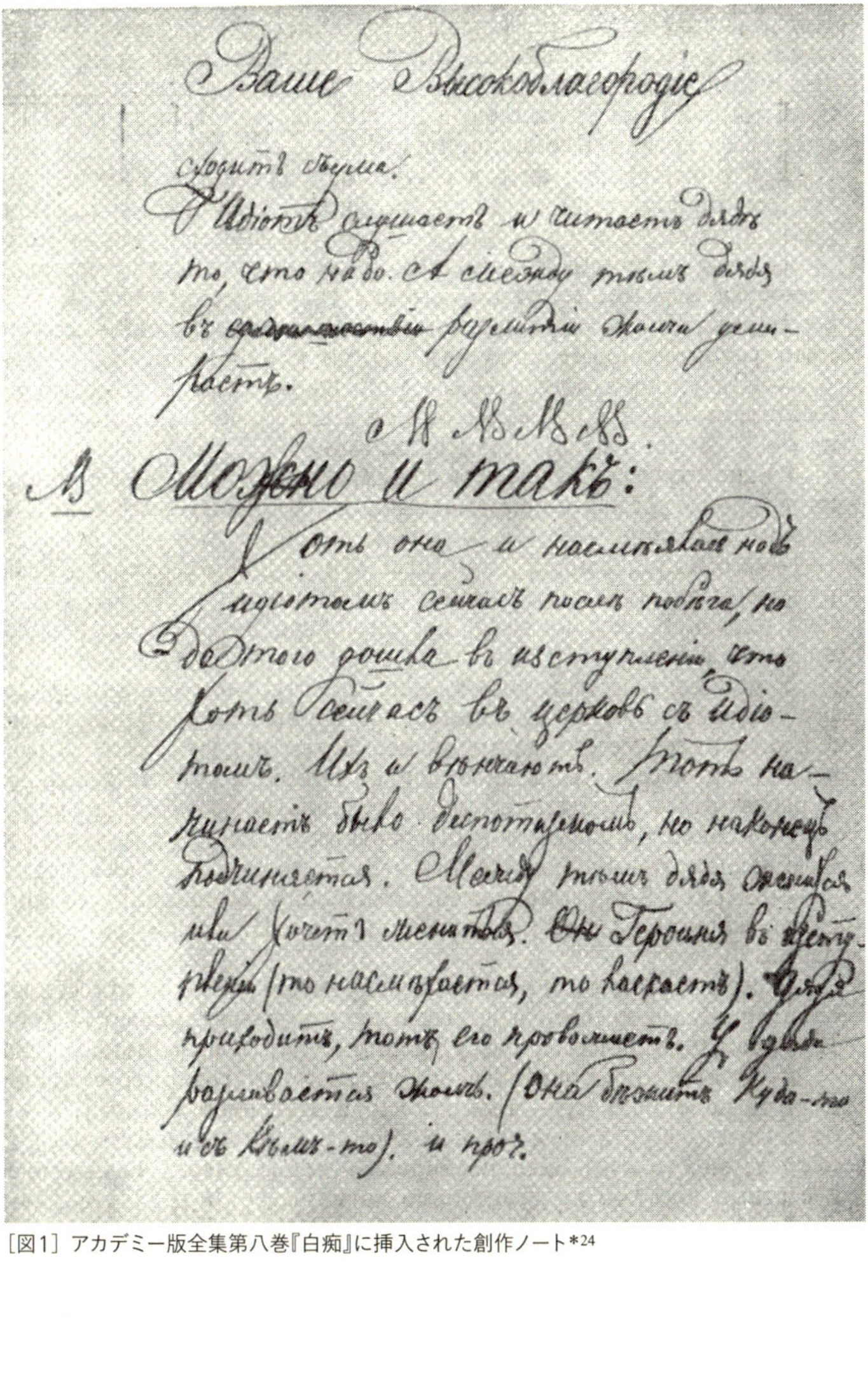

［図1］アカデミー版全集第八巻『白痴』に挿入された創作ノート*24

真である。一見して、作家の創作ノートとして私たちが通常思い浮かべるものとはだいぶ違っているのではないだろうか。仔細に見ると、(1)前のページからつづく文章が中断され（二～六行目）、(2)ラテン語の略字「注意 NB〔＝Nota bene〕」が同じ行に四回、次の行に一回繰り返されたのち、(3)ひげ飾りをふんだんに使った大きく入念なカリグラフィーで「これもありうる Можно и такъ」と書かれ、(4)その後ふたたび以前の筆跡に戻り、物語の別の可能性が探究されている（「逃亡後のいまになって《白痴》を嘲笑したものの、彼女は気が狂ったようになっていて……」）。[*25] 内容はともかく、筆跡からはっきりと感じられるのは、紙の上に屈み込んだ作家の身体の生理的運動とその速度の変化だ。音楽用語でいえば、(1)アンダンテ→(2)リタルダンド→(3)アダージョ→(4)アレグレットといったところか。奇妙なのはページの一番上で、ほかの部分はすべて全集に採録されているのに、この一行だけは脱落している。几帳面な楷書でただ「閣下 Ваше Высокоблагородие」とだけ書かれたこの行は、小説の構想とどう関係するのか分からないし、そもそも構想の一部かどうかも分からない。この一行は、(1)～(4)の時間の流れから脱落している。ノートの表面は変化するテンポと異なる時間の痕跡なのである。[*26]

まとめよう。字がきれいなアカーキー・アカーキエヴィチと字がきれいなジェーヴシキンは違う——前者が作者の単なる客体であるのに比べ、後者は自意識をもち、私たちにまなざしを返す主体である——というのが、デビュー作『貧しき人々』でのドストエフスキーの発見であり、バフチンのポリフォニー小説論の出発点だった。ところが、二〇余年後の『白痴』で起こっているのは、そのパロディーとでもいえそうな事態である。「善い白痴」と「悪い白痴」がいるが、筆跡はどちらも美しい。「善い白痴」と「悪い白痴」の物語を書いている作家がいるが、彼の筆跡も美しい。善悪の彼岸、現実と虚構の彼岸で、作家とそのキャラクターたちは互いの身振りを模倣しあう。先ほどは省略したカリグラフィーに関する長談義中の以下の部分は、まるでドストエフスキーの創作ノートに対するムイシキンのコメントのようではないか。「またこの飾り書きというのがきわめて危険な代物なのですよ！ 飾り書きには並々ならぬセンスが要求されます。しかしこれがうまくいって、正しいプロポーションを見いだすことができたら、そうした書体は比類ないものになります。惚れこんでしまいそうなくらいです」。

文字から顔へ

文字への愛で作者と主人公がいきなり盛り上がる、この過剰は、いったいなんのためなのか？繰り返すが、字がきれいというムイシキンのキャラクター設定は、この後二度と振り返られることはない。文字をめぐる公爵の長談義のなかで、続く物語に関係していると言えそうなのは、「ロシアの軍書記風」について語られた次の部分だけだ。「でも、全体としてご覧いただければ、これはこれで立派なキャラクターになっていますし、たしかにここには軍書記の魂がすっかりあらわれているじゃありませんか。ひと暴れしてみたい気はあるし、その才能もあるのだけれど、軍服の襟はきつくホックで留められていて、規律が筆跡にもあらわれている。魅力的じゃありませんか」。

魅力的な筆跡には惚れこんでしまうくらいですという先のムイシキンの言葉に関して、バルシトは別の論文で次のように述べている。「「惚れこむ」ことができるのは顔、性格、心だけであって、単なる品詞という意味での語に惚れこむのは不可能である。ムイシキンもまた、その創造者と同じく、カリグラフィーで書かれた語の背後に「顔」を、心を、性格を見ているのである」[*27]。

ムイシキンは文字を顔として見ようとしている。あたかも文学史を逆行するかのように、ゴーゴリ的な文字愛の世界に退行した『白痴』は、もう一度、文字から顔の世界に引き返そうとするのだ。公爵は紙から眼をあげて、エパンチン家の三姉妹の顔に向かいあう。顔を読むこと――それがエパンチン将軍家でムイシキン公爵が受ける第二の試験である。先を読み進めよう。

＊1　В. В. Розанов, *Легенда о Великом инквизиторе Ф. М. Достоевского*, с. 21. 強調引用者
＊2　ゴオゴリ原作、江川卓演訳、「外套――落語訳のこころみ」、三四―七一ページ。浦雅春の落語訳は二度目の挑戦ということになる（『鼻／外套／査察官』）。
＊3　「外套――落語訳のこころみ」、三五ページ
＊4　ボリス・エイヘンバウム、「ゴーゴリの『外套』はいかにつくられているか」、一二二―一二三ページ
＊5　ミハイル・ヤンポリスキー、『デーモンと迷宮』、二九―三六ページ
＊6　「外套――落語訳のこころみ」、三八―三九ページ
＊7　「外套――落語訳のこころみ」、四〇ページ
＊8　「外套――落語訳のこころみ」、三九ページ
＊9　ジル・ドゥルーズ、フェリックス・ガタリ、『千のプラトー』、第五章および第七章参照。ただし、彼ら自身はこういういい方はしていない。
＊10　В. Б. Шкловский, *Гамбургский счет*, с. 56
＊11　『千のプラトー』、二〇一ページ

＊12 М. М. Бахтин, *Собр. соч.*, т.4(2), с. 340

＊13 Бахтин, *Собр. соч.*, т. 6, с. 57

＊14 Бахтин, *Собр. соч.*, т. 6, с. 69

＊15 Бахтин, *Собр. соч.*, т. 5, с. 67-68

＊16 エマニュエル・レヴィナス、『全体性と無限』上、三五一ページ

＊17 エマニュエル・レヴィナス、『倫理と無限』、一〇六ページ

＊18 Г. Н. Крапивин, “К чему приложил руку игумен Пафнутий?”, с. 145-151. 抜群に面白いこの論文の存在は齋須直人の論考に教えられた（「ムイシュキン公爵の理念的原像としての聖人ザドンスクのチーホン――子供の教育の観点から」、一二七―一二八ページ、注一一）。なお、アカデミー版の注釈者とクラピーヴィンがそれぞれ「ポゴージンの本」の候補として挙げている М. П. Погодин, *Образцы славяно-русского древлеписания*, тетради 1-2, М., 1840-41 および М. Погодин, *Русский исторический альбом*, М., 1853 は、二〇一八年一一月一二日現在、ともにGoogle Booksで見ることができる。

＊19 Ф. М. Достоевский, *Полн. собр. соч.*, т. 9, с. 141

＊20 Edward Wasiolek, *The Notebooks for* The Idiot, pp. 15-16

＊21 Достоевский, *Полн. собр. соч.*, т. 9, с. 141

＊22 К. А. Баршт, *Рисунки в рукописях Достоевского*, с. 118.

＊23 Александр Цейтлин, *Повести о бедном чиновнике Достоевского*, с. 7

＊24 Достоевский, *Полн. собр. соч.*, т. 8, с. 147

＊25 Достоевский, *Полн. собр. соч.*, т. 9, с.148

＊26 ポドロガの分析から着想を得た。В. А. Подорога, *Мимесис*, том 1, с. 347-360

＊27 К. А. Баршт, “‘*Каллиграфия*’ *Ф. М. Достоевского*”, с. 115

第2章

キャラクターの遊戯

スイスからの長旅を終えた主人公ムイシキンは、ペテルブルクに到着後、
招かれたエパンチン将軍家で「顔の専門家」としての「試験」をパスする。
この「試験」を社交空間での顔の遊戯として読み解きつつ、
人の外観から性格や運命を読み取ろうとする
19世紀西洋社会の「観相学」の伝統へと、本書の思索の旅は向かう。
読むものと読まれるものが互いの位置を交換しあい、
顔を介して相互の関係を調停したり変容させたりする動的な過程、
いわば顔のコミュニケーション論を展開してみたい。

1　導入

ムイシキン公爵の第二の試験

公爵の習字の試験を終えたエパンチン将軍は、家族が待つ食堂に彼を案内し、「一族の最後の者」を自称するこの人物をあらためて試験してみるよう、夫人と三人の娘たちに依頼する。「私はね、御婦人方《メダーム》、みんなに彼を試験してくれるようお願いしたかったのだよ。どんなことができる人物なのか、知っておいて損はないからね」。第一印象は必ずしも好ましいものではなかったが、食事のあとも客間に移動してつづけられた長い会話の終わり近くには、彼女たちはみなこの奇妙な人物にすっかり魅了されてしまっている。ムイシキンはその長い物語をエパンチン家の女たちの顔に関する感想で締めくくるが、魅力的な顔について語る彼の口調は、魅力的な文字について語る先の長談義と同じく、驚くほど流暢で、奇妙なほどあけすけだ。

「先ほどこちらにお邪魔して、みなさんのすてきなお顔を拝見し――というのも、私は最近ひとの顔をじっと見るようにしているからですが――、みなさんの最初の言葉をお聞きしたとき、私は、あのとき以来、はじめて心が軽くなったのです。先ほどはもう、ひょっとしたら実際自分は幸せ者なんじゃないかと思ったほどでした。だって、すぐに好きになれるような人物には、なかなかめぐり合えるものではないくらいのことは知っていますが、汽車を降りた途端にみなさんにお会いできたのですから。［…］みなさんの顔について、気づいたことを話すようにとのご依頼でしたね。喜んでおこたえしましょう。アデライーダさんは幸せそうな顔をされています。三人のなかでいちばん感じのよい顔です。たいへんお美しいのに加えて、拝見していると、「このひとは善良な妹のような顔をしているな」と言いたくなります。飾らない明るいご様子ですが、人の心をすぐさま察することもできる。あなたのお顔についてはこんなふうに思いますね。アレクサンドラさんのお顔も美しく、とても魅力的ですが、ひょっとすると、なにか心に秘めた悲しみがおありではないですか。疑いもなく、とても善良な心をお持ちなのに、快活とはいえないようですね。お顔に、ドレスデンにあるホルバインのマドンナのような独特のニュアンスがあります。あなたのお顔に関してはこのとおりですが、私の読みはどうです、図星ではないですか？　私の鑑識眼を褒めて下さったのはあなたがたですからね。ところで、リザヴェータ・プロコフィエヴナ、奥様のお顔ですが」、彼は突然、将軍夫人のほうに向きなおった。「奥様のお顔に関しては、そう見えるとかなんとかではなくて、ただもう確信しているのですが、すべてにおいてまったくの子どもですね。いい意味でも悪い意味でも、すべてにおいて。お年齢《とし》にもかかわらず。こんなふうに言ったからといって、お怒りにはなりませんよね。私が子どもたちをどんな存在だと考えているかはご存じなのですから。あと、みなさんのお顔についてこんなことをあけすけに申し上げたのは、私が単純だからだなどと考えないでくださいよ。違います、とんでもない！　私にだって、私なりのもくろみがあるのかもしれませんよ」。（第一部第六章）

口をつぐんだ彼をみながにこやかに見つめる。とりわけ上機嫌なのはリザヴェータ・プロコフィエヴナだ。彼女は叫ぶ。「さあ、試験はすみましたよ！」。

まことに、顔の小説の導入にふさわしい「試験」であった。この瞬間から、公爵はエパンチン家にとってなくてはならぬ客になる。いや、三女アグラーヤのその後の運命を考えれば、事態は夫人の予想をはるかに超えていたというべきだろう。彼が客間で過ごした時間はさほど長かったはずはないが、そこではたしかになにか決定的なことが起こっていたのだ。先にムイシキンは「私はみなさんの顔を存じ上げています」といっていたが、それも単なるはったりではなかったようにみえる。だが、どうだろう。顔をめぐるこの会話は、考えようによっては、文字をめぐる先の会話と同じくらい奇妙なものではないか？　今日の私たちは、初対面の相手の顔について、こんなふうにあけすけに語ったりはしない。妙齢の三姉妹とその母親を相手にする話としてはどことなく常軌を逸している。他方、ムイシキンの顔占いそのものも、よく見ればさして内容があるわけではなく、せいぜい少々風変わりなお世辞にすぎないといえないこともない。どこか遊戯めいた印象を捨てきれないのだ。公爵は「顔の専門家《ズナトーク》」ですねと二女アデライーダは皮肉交じりにいっていたのだが、その褒め言葉も、結局、彼の恋の話を聞き出すための方便にすぎなかったのではないか？

だが、今日の私たちには不可解なこの曖昧さのなかから、比類ない顔の小説としての『白痴』の世界が立ちあがってくるのである。ヒントは、一九世紀の西洋社会に広まっていた「観相学」と呼ばれる言説的諸実践の多様性と、その小説との関係のうちにあるように思われる。本章ではそこを見てみよう。

2　ラファーターの世紀

観相学カルト

「私は最近ひとの顔をじっと見るようにしているのです」とムイシキンはいう。つまり、一人の観相家（physiognomist）として振舞っているということだ。

人の外貌からその隠れた性格や運命を読み取ろうとする西洋観相学の伝統は擬アリストテレスまでさかのぼるといわれるが、近代におけるそのリヴァイヴァルのきっかけとなったのは、一八世紀末のチューリッヒに現れた牧師ヨハン・カスパー・ラファーター（一七四一―一八〇一）とその著書『観相学断片』（一七七五―一七七八年）が引き起こした大衆的熱狂だった。一九世紀が顔の世紀であったとするならば、『ヨーロッパ小説における観相学――顔と運命』のグレアム・タイトラーがいうように、それはまさしく「ラファーターの」世紀だったのである。*1 ここではまず、古典的な先行研究の冒頭で紹介された有名なエピソードを一つだけ引用して、当時の「観相学崇拝《カルト》」の凄まじさに思いを馳せてみよう。一八〇一年、ラファーターの死後ほどなくして書かれた雑誌記事から、何か国語にも翻訳されて版を重ねた彼の著書が引き起こした熱狂について述べたくだりだ。「それはほとんど聖書と同じような各家庭の必需品と見なされていた。召使を一人雇うにしても、ラファーターの記述と図版を調べ、若い男女の顔の線や特徴を注意深く比較検討したあとでなければ、どうにもならないという時期すらあったのである」（*The Gentleman's Magazine*, LXXI, Feb. 1801）[*2]。

採用面接のマニュアルとしての観相学というのだから、今日の私たちからすればいかにもいかがわしい話であり、事実、記事の行間からは、生まれたばかりの観相学がすでに相当の毀誉褒貶にさらされていたらしいことも伝わってくる。ラファーターの重要性をことあるごとに喧伝する高山宏が強調しているように、このように世俗化したかたちでの観相学の流行は、人の肉体を〈神の書跡〉と捉えるラファーター自身の神秘主義的な思想傾向に反するものでもあったが、ここでは性急な断罪は控え、一九世紀における観相学的実践の拡がりと変化を重視することにしよう。高山がいう「度しがたく世俗化に開かれた漫画性さえ抱えこんだラファーターの観相学の双面性」[*3]である。「漫画」とは単なる比喩ではない。最近邦訳もされた『M《ムッシュー》・ヴィユ・ボワ』（一八三九年）をはじめとする一連の「版画文学」によって、近代ストーリー漫画の創始者と目されるジュネーヴの文人ロドルフ・テプフェール（一七九九–一八四六）は、いたずら書きした顔の比較検討からキャラクター造形の原理を追求した自らの理論的著作を『観相学試論』（一八四五年）と名づけている。観相学は、一八世紀の神秘思想から手塚治虫の「まんが記号説」まで、たやすく含みこんでしまうような懐の深さをもっているのである。[*4]

小説の観相学

観相学の流行が文学に与えた影響についてはよく知られている。バルザックをはじめとする一九世紀リアリズム小説における人物描写の肥大だ。その社会心理学的背景については社会学のセネットや文化史のウェクスラーが論じているが、[*5]ここでは再び高山による簡潔な要約を引こう。「観相学の世俗化ないし観相〈術〉の普及は、一九世紀都市文化の必然であった。巨大化した人間集合は、要するに、互いに未知の存在である〈他者〉を、そして〈群衆〉を夥しく生産、再生産するわけであって、なんとかその見知らぬ混沌たる空間を固定した〈意味〉に変えてくれる体系を恣意的にしろ作り上げたいという渇きにも似た欲望が、リチャード・セネットのいう「調停のコード（codes of arbitration）」の捏造を促し、それに観相学がまさにおあつらえ向きの〈コード〉を提供した」。[*6]なるほど、生まれ育った田舎に住んでいれば、一日のうちに出会う人の数はせいぜい数十といったところ、しかもその多くはすでに馴染みの顔だ。そんな人間が、パリやロンドン、ペテルブルクといった都市に出てきたとたん、一挙に数百、数千単位の見知らぬ顔たちに包囲されることになったのだから、その衝撃は想像に余りある。一九世紀都市の人間は、他者の顔を見ること、他者の顔を解釈することを強いられたのであり、小説家はこうした社会的要請に、登場人物の顔の入念な描写でもって応えたのである。

『白痴』でいえば、冒頭、ペテルブルク―ワルシャワ間鉄道の三等客車におけるムイシキンとロゴージンの出会いがそうだ。その「かなり特徴的な相貌《フィジオノーミヤ》」の描写を見てみよう（ロゴージンの顔である）。

一人は背が低く、二七歳くらいで、縮れた髪はほぼ真っ黒、灰色で小さな眼は燃えるように光っていた。鼻は幅広くひしゃげて頬骨が張り、薄い唇はたえずなにやら図々しく、嘲るような、ほとんど意地悪な笑いを浮かべている。だが額は高く、整っていて、いささか下品にできあがった顔の下半分の欠点を補っていた。この顔でとりわけ人目を引くのは死人のように蒼ざめた顔色で、そのせいで、かなりがっしりとした体格にもかかわらず、この若者は憔悴しきっているように見えたし、おまけに、その相貌の全体にはどこか苦しいほど情熱的なものがあって、厚かましくて無礼な薄笑いや、得意げな鋭いまなざしと調和していなかった。

（第一部第一章）

一九世紀の鉄道が見知らぬ者どうしの不安な対面を強制し、大都市の街路と似た働きをするメディアであったことはすでに指摘されている。*7 眼、鼻、唇、額といったパーツの描写はいかにも観相学的だし、「死人のように蒼ざめた顔色」や、「苦しいほど情熱的な」表情といった、いかにもドストエフスキー的といいたくなるような謎めいた表現——翻訳では伝わらないが、原文では同語源の「苦しみ《ストラダーニエ》」と「情熱的《ストラースノエ》」の二語が語呂あわせになっている——が、読者の深読みをさそう。現に「謎とき」の江川卓は、ここからロゴージン＝性的不能者という驚くべき解釈を試みているくらいだから、[*8]外面から秘められた内面を探ろうとする観相学的欲望は、今日にいたるまで健在といってよいかもしれない。

あるいは、ナスターシャ・フィリッポヴナの写真に衝撃を受けたムイシキンの反応。その数頁前、写真が最初に登場した際にも短い説明が添えられていたが（「眼は黒くて深く、額はもの思わしげだが、顔の表情は情熱的《ストラースノエ》で、傲慢にもみえた。顔は少しやつれて、どうやら蒼ざめているようだ……」）、以下に引用する公爵の反応は、ラファーターにやや遅れて出現し、頭蓋骨の隆起から、その持ち主の性格や能力が判断できると主張したフランツ・ヨーゼフ・ガル（一七五八—一八二八）の骨相学（phrenology）の影響もうかがわせるユニークなものになっている（ついでに、ここでも「情熱的《ストラースノエ》」や「苦しんだ《ストラダーラ》」といった語が繰り返されていることに注意しておこう）。

> 「驚くべき顔ですね！」公爵はこたえた。「それにきっと、この人の運命は尋常なものではありませんね。顔はほがらかですが、きっとひどく苦しんだのではないですか？ 眼がそれを語っています。ほら、この二つの小骨、眼の下で頬がはじまるところの二つの点ですよ。これは気位の高い顔です。恐ろしく気位が高い。ですが分からないのは、彼女は善良な人です

か？　ああ、善良な人であってくれれば！　それですべては救われるのに！」（第一部第三章）

　ドストエフスキーが直接ガルを——そして、ガルやカール・グスタフ・カールス（一七八九—一八六九）を通して間接的にラファーターを——知っていたらしいことについては同時代人の証言があるし、[*9]バルザックやレールモントフ、トゥルゲーネフといった先輩作家たちの作品を通して、彼が時代の観相学的ディスクールにどっぷり浸かっていたことは間違いない。[*10]街路を歩きまわって都市の相貌《フィジオグノミー》を読む遊歩者《フラヌール》というベンヤミン的な主題の重要性も、わが国では小林秀雄がつとに指摘している。[*11]

　だが、どうだろう。以上、小説の観相学が論じられる際の定型的なやり方をふまえてみたわけだが、本章の冒頭に引用したエパンチン家の客間でのやり取りを理解するためには、こうした説明ではどこか足りないのではないか？　そもそも、ここに引用したような詳細な顔の描写は『白痴』では意外に少ない。ナスターシャ・フィリッポヴナにしてもアグラーヤにしても、顔の具体的な描写はほとんどなされておらず、ただ、顔に対する周囲の人物の反応が入念に語られる。ガーニャの下宿でナスターシャ・フィリッポヴナの思いがけぬ訪問を取り次いだムイシキンは、驚きのあまりそこに立ちつくしてしまい、さっそく「なんてお馬鹿《イディオット》さんだろう」と罵声を浴びせられる（第一部第八章）。エパンチン家の客間での顔の「試験」についていえば、召使の採用面接とは異なり、そこで問題となっていたのは他者の顔ではなく、顔を読む他者の能力だった（「みなさんの顔について、気づいたことを話すようにとのご依頼でしたね。喜んでおこたえしましょう」）。読むもの（雇用者）が読まれるもの（召使候補者の顔）を試験するのではなく、読まれるべく顔を差し出したもの（エパンチン家の女たち）が読むもの（ムイシキン）を試験している。受動的なテクスト（＝他者の顔）に対する能動的な解読者（＝われわれ）という固定的な関係を前提とする記号論の枠組みでは、このような関係を論ずることはできない。読むものと読まれるものが互いの位置を交換しあい、顔を介して相互の関係を調停したり変容させたりする動的な過程に注目する必要がある。顔の記号論ではなく、顔のコミュニケーション論が必要なのだ。

3　顔の遊戯

社交の空間

事実、観相学の歴史は顔をめぐる奇妙なコミュニケーションの実例に満ちている。例えば、ラファーターその人に対する個人崇拝について、タイトラーは次のように述べている。「観相家としてのラファーター自身の評判も『観相学断片』の名声に劣らなかった。このスイス人牧師はドイツやスイスを繰り返し旅したが、行く先々で人々に取り囲まれて、自分の顔をみてほしいと頼まれた*12」。相手は著名な観相学者にかぎらない。他人の顔を読むことに熱中した人々は、誰かほかの人に読んでもらうために、自分の顔を進んで差し出したのである。「人の性格を顔から研究することが伝染病のように流行した多くの場所では、人々は仮面をつけて通りを歩いたほどである」という『エンサイクロペディア・ブリタニカ』第八版（一八五三―一八六〇年）の記事は、召使の採用面接のエピソードとともに先の古典的論考に引用され、自分の顔が見ず知らずの他人に読まれてしまうことに対する人々の恐怖を物語るエピソードとして有名になったものだが、[*13] 事態の一面を伝えたものにすぎない。別の研究者がいうように、「多くの人々が、観相し、影絵を作っては、この新しくて愉快な社交遊戯《パーラー・ゲーム》を楽しんだ」[*14] のも事実であって、お互いの顔を観察しあい、顔に関する解釈を交換しあうことが、退屈な応接間の会話をにわかに活気づける新たな社交遊戯として成立していたのである。ここで言及されている「影絵《シルエット》」についていえば、一八世紀フランスの蔵相エティエンヌ・ド・シルエットによって発明されたとされる影絵の流行に与《あずか》って力があったのがラファーター観相学であったことも、しばしば指摘される通りだ。「影絵制作は、それに引き続いて行う解釈と一緒になって、一八世紀後半、ドイツで社交遊戯として流行した。切り絵やシルエットの肖像は、絵画に比べて手っ取り早くて安価な、思い出や友情のしるしの像となる」[*15]。ゲーテはツィンマーマンから贈られたシャルロッテ・フォン・シュタインの影絵を見て恋に落ちたという。[*16]

観相学は、はじめから他者を選別し排除するための手段であったわけではない。その逆なのである。ラファーターは書いている。「観相学は心と心を結びつけ、永続する神聖な友情を作り出す。友情もまた、整った顔の輪郭や高貴な顔立ちにまさる堅固な基盤を知らない。／観相学は知恵の精髄であって、あらゆる表出にもまして、相互交流の喜びを高めてくれる」[*17]。「なかなかめぐり合えるものではない」はずの「すぐに好きになれるような人物」に出会って、「実際自分は幸せ者なんじゃないかと思った」というムイシキンであれば、ラファーターのこうした言葉に同意したことだろう。彼らにとって、顔は社交の道具であり、人と人を結びつける社会的紐帯だったのである。

肖像ゲーム

客間のムイシキンとラファーターにどこか似ているところが感じられるからといって、ドストエフスキーが『白痴』の執筆に当たって前世紀の影絵遊びを思い起こしていたなどと主張したいわけではない。だが、とうに廃れたはずの顔の遊戯が、一九世紀も半ば過ぎになって、姿を変え、しかも、ドストエフスキーのごく身近なところで復活していたという事実は特筆しておく価値があるだろう。ドストエフスキーの先輩作家にして不倶戴天の敵でもあったイワン・トゥルゲーネフ（一八一八―一八八三）が考案し、宿命の恋人ポリーヌ・ヴィアルドの客間《サロン》で繰り返された「肖像ゲーム」がそれである。

一八五六年にヴィアルド夫妻が住むパリ郊外クルタヴネルではじめられ、一八六三年以降は夫妻とトゥルゲーネフがともに移り住んだバーデン・バーデンで続けられたこのゲームは、参加者の一人（ルートヴィヒ・ピーチュ）の回想によれば、おおよそ次のようなものであった。――画才に恵まれたトゥルゲーネフが、細長い紙の一番上に、すばやく人物の横顔のスケッチを描く。特定の人物をモデルにした似顔絵ではなく、作者の気儘な想像にもとづくものだ。ゲームの参加者はこのスケッチを観察して、描かれているのがどんなタイプの人間で、どんな性格や癖をもっているのか、職業はなにか、等々を考えなければならない。最初の一人が自らの解釈をスケッチの下に書き記すと、紙を折ってそこが見えないようにして、次の人に渡す。スケッチを描いた当のトゥルゲーネフも例外ではない。一度手を離れればすでに自分のものではないからといって、自分のスケッチをもう一度じっくり観察し、性格分析を書き記す。こうして、横顔のスケッチの下にいくつもの解釈が書き込まれた紙片が出来あがり、最後にトゥルゲーネフに手渡され、彼によって読み上げられる。ヴィアルド夫妻のサークルの構成を反映して、言語はドイツ語、フランス語、英語など様々だが、その内容の多様性も驚くべきものだ。参加者それぞれの人間理解と観察眼、そして観察結果を言語化する力量の違いが明らかになる。*18 際立った出来栄え（と結果の類似）で人々を驚かせるのは、いつもヴィアルド夫人とトゥルゲーネフの二人だ。例えばこんなふうに［図2］。

［図2］1865年1月29日の肖像ゲーム*19

「若い神学生。聖職に就くのに必要な素質としては、ただいくらかの狡猾さがあるだけ。抜け目なく賢明で、知識欲もあるが、女好きで、そのやり方が汚い」（ポリーヌ・ヴィアルド)。

「神学生。禁欲的で、狂信的で、陰鬱な本性《たち》。宗教の道に進むことを運命づけられた人間で、貧しい家庭の生まれ。勤勉だが頑固、無口で話下手。偽善者ではなく、これからさき偽善者になることもない。信仰は固い」[*20](トゥルゲーネフ)。

さらに面白いのは、バーデン・バーデンで若い参加者が増えた際につけ加えられたとみられるゲームの新しい規則である。先のピーチェの回想から引用する。

もっとも説得的でウィットに富んだ解釈は満座の喝采を浴びたが、もっともばかげた誤りもそうで、彼はいつもそれを特別に意地悪で皮肉な満足のこもった調子で読み上げるのだった。[…]もっとも冴えない愚かな解釈は投票で決められたが、書いた人物の名前を出せという声が次第に大きくなる。ついには当人も黙ったままではいられなくなり、書いたのは自分だと認めるざるをえない。そうなれば、率直なところがどうであれ、つとめて平静を装いつつ、「もっとも完全なる愚鈍さ」に与えられる「大名誉勲章」を、感謝の言葉とともに受け取らなければならなかった。[*21]

以上、ヨーロッパの片隅で、ごく少数の人々に知られていたにすぎないゲームを事細かに紹介したのは、それが、前世紀の影絵遊びからも、今日の私たちの感覚からも、微妙にずれてゆく一九世紀の独特な顔のあり方を示しているように思われたからだ。冷静に考えてみよう。ここで観相の対象となったイメージは現実のモデルから切り離されている。トゥルゲーネフのデッサンは誰の似顔絵でもない。だが、そこから私たちは描かれた人物のキャラクターを読み取ることができるという。それは、どんないたずら書きであっても顔は必ず一定の表情をもつという『観相学試論』のテプフェールの発見と同じ確信にもとづくものだ（美術史家のゴンブリッチはそれを「テプフェールの法則」と呼んだ）*[22]。彼は書いている。

あらゆる人間の顔は、どんなに幼稚に、下手に描いたとしても、必然的に、線で描かれたというそのことによって、完全に特定しうるなんらかの表情を持つということである。それはあらゆる知識、技術、研究とは無関係に言えることなので、その点に注意と関心を向ける人なら、どのような描線上の符号がどのような表情をもたらすのか、すぐに見てとることができる。*[23]

だが、ゴンブリッチのように、それを「純粋に慣習的な象徴的表現」*[24]の追究とみなすことはできない。テプフェールに言わせれば、「芸術は、符号をまったく恣意的に結びつけるものだとしても、何も意味しないということにはならない」のであり、「その根底にあるのは、芸術がやはり自然を模範としているという事実である」[25]。この期に及んでも、記号はなにかの写しだというのだ。トゥルゲーネフも同様である。彼によれば、愛するヴィアルド夫人による解釈は他の者たちの解釈よりもつねに「正しい《ヴェルニェーエ》」（西暦一八五六年一一月六日付ボートキン宛書簡）。恣意的な記号（=なにも見ずに描いたデッサン）の背後に、現実に存在するはずもない「指示対象《レファレント》」（=デッサンに描かれた人物）が強引に読み込まれ、諸解釈の優劣を決定する根拠とされる。これが、現実世界から切り離された自律的な記号体系という考え方に慣らされたソシュール以後の世界に生きる私たちを捉える第一の驚きだ。

第二の驚きは、いわば一九世紀のソーシャル・ネットワーキング・サービスとしての顔の機能である。顔に対する適切な振舞いが称揚され、不適切な振舞いが「投票」によって裁定されて、さらされる。二人の愛人がよく似たつぶやきを繰り返して、半ば公然の秘密となっている特別な関係を確認しあう。肖像ゲームによって生み出されるコミュニケーションのあり方の、今日の私たちのそれとの奇妙な類似である。

第三の驚きとしてつけ加えるべきものがあるとしたら、前章でも触れたドストエフスキーの創作ノートとの類似かもしれない［次ページ図3］。ドストエフスキーがバーデン・バーデンのトゥルゲーネフのもとを訪れたのは西暦一八六七年七月一〇日で、肖像ゲームのスケッチを眼にした形跡も、ましてやそれに加わった形跡もないが、両者はよく似ている。構想に思い悩む作家の手によって男の顔が描かれ、そのまわりに堰を切ったように物語の断片が書き込まれる。ドストエフスキーもトゥルゲーネフと同じく顔の絵を描きながら思索する作家だった。違いは、ドストエフスキーにおいて、それがけっしてそのまま実現しなかったことにある。ここに書かれている文章は、完成した小説の冒頭、先に引用した鉄道客車のシーンとなる部分だが、[*27] 創作ノートで「白痴」と呼ばれているこの人物の顔は、どうみても私たちの知っているムイシキン公爵にはみえない。

［図3］『白痴』創作ノート、1867年[*26]

4 遊戯の規則が破られるとき

対面の作法と真実

エパンチン家の客間においても、ラファーターの影絵遊びやトゥルゲーネフの肖像ゲームにおいても、顔は人と人との相互関係を打ち立てる手段だった。差し出された顔を読む能力が問われ、読んだ結果を適切に伝達する能力が試される。「みなさんのお顔についてこんなことをあけすけに申し上げたのは、私が単純だからだなどと考えないでくださいよ。違います、とんでもない！　私にだって、私なりのもくろみがあるのかもしれませんよ」――おめでたい白痴とも狡猾なペテン師とも受け取られかねないぎりぎりのところで、公爵は顔に対する適切な振舞い方を模索する。彼の長い物語そのものが、他者の顔に対する振舞いを主題にしている。リヨンで見た死刑囚の顔に対する自らの反応を反芻しながら彼はいう。「そこで彼は私のほうをちらっと見ました。私は彼の顔を見て、そしてすべてを理解したのです」（第一部第五章）。それは顔を前にした顔についての物語なのだ。

レヴィナス倫理学の観点から『白痴』を論じようとするレズリー・ジョンソンは、他者の顔に対するムイシキンの倫理を、「礼儀」「体面」「適切性」などを意味する「プリリーチエ」というロシア語で言いあらわそうとしている。「見ることとのこの倫理的なあり方、対面の倫理ないし作法は、顔に向けられる特別なまなざしによって特徴づけられる。英語の〝regard〟は、見ることとともに敬意をも意味するので、この行為の意味をある程度伝えてくれる。だが、よりよい呼び方はロシア語の「プリリーチエ」だ。そこでは正しい行ないの根底に顔の理念がおかれている（「プリリーチエ」の「リーチ」は「リーク」（顔）に由来する）」[*28]。

ムイシキンは「プリリーチエ」を尊重しようとする。だがこのいい方は両義的だ。外面的な社交慣習としての「礼儀《プリリーチエ》」は、他者に対するいっそう深い倫理的関係を阻害するからである。真実の「プリリーチエ」はときに「ニェプリリーチエ」（無作法）の領域に踏み込まざるをえない。「プリリーチエ」のこの両義性を、ここでは「対面の作法／真実」と表現することにしよう。ムイシキンは

「対面の真実」のためには「対面の作法」を破ることも辞さない秩序の壊乱者として登場している。思い出してみよう。エパンチン家に到着した公爵は、応接間に通されるのを断り、召使の控えの間に腰を下ろしていきなり親しげに身の上話をはじめていたのだった。相手をした召使の困惑が、ドストエフスキーには珍しい言葉の洒落によって語られている。「公爵の話はごく単純なものだったのかもしれないが、単純であればあるほど、この場合にはなおさら何かあり得ないことのようにみえてくるのだった。世慣れた召使は、人と人とのあいだであればまったく礼儀にかなっているのに（прилично человеку с человеком）、客と召使のあいだではまったく無作法になってしまう（неприлично гостю с *человеком*）ような事柄があるものだということを感じないではいられなかった」（第一部第二章）。

一般に「人」を表すロシア語「チェロヴェーク」が、「召使」の意味で用いられるのは珍しいことではない。だが「チェロヴェーク（人）とチェロヴェーク（人）」という対句につづけて「ゴースチ（客）とチェロヴェーク」と（強調つきで）繰り返されるとき、私たちの眼は一瞬泳いでしまう。「人」と「召使」のあいだで宙吊りにされ、「チェロヴェーク」の語が異化されるのだ。驚きは次の文でさらにつづく。「だが召使たち（*люди*）は、普通主人が思っているよりはるかに賢いもので……」。「チェロヴェーク」の複数形として使われるものの、系統的にはまったく別の語「リュージ」（人々）に、「人／召使《チェロヴェーク》」の揺らぎが強引に持ち込まれるのである。

普段は自明のものとしてある「人／召使」の境界が揺らぐとき、「人／召使」の区別に立脚する「礼儀」（対面の作法）もまた疑わしいものとならざるをえない。「対面の作法」は、「対面の真実」からみれば「無作法」であったということか？　それならば、眼の前の「チェロヴェーク」に対して、私たちはいったいどのような顔を向ければよいのか？

影の告解

召使の控えの間において、「チェロヴェーク」はいずれにせよ男性であった。では、差し出される顔が女性であり、対する顔が男性であった場合はどうなるか？――『白痴』のナスターシャ・フィリッポヴナの顔を論ずるためには避けては通れない問いだが、観相学とジェンダーという問題を考えるためには、もう一度ラファーターに戻る必要がある。

社交遊戯としての影絵《シルエット》制作についてはすでに触れたが、影は観相学の理念そのものにも関わっている。意外なことに、観相学者としてのラファーターは、眼の前にいる人物の瞳の輝きや、紅潮した頬や、口元に浮かぶ微笑よりも、専用の器具を用いて制作され、黒々と塗りつぶされた横顔のシルエットを愛していたのである。彼はいう。「私は他のいかなる種類の肖像画よりも多くの観相学的知識をただ影絵から得た」。というのも、「影は散漫になった注意を取り集め、それを輪郭線に封じ込めることによって、観察をより単純、容易、かつ正確なものにする」からだ。さらにそれは「実物そのものの直接の表現」であるがゆえに、実物を見ながら手で描く画家にはけっして達成しえない真実を提示する。ラファーターは、プリニウスの『博物誌』(第三五巻五、四三)が語る愛の神話――別れを告げて戦地に赴く恋人の影の輪郭を壁に写しとるコリントスの陶器師ブタデスの娘

［図4］——を想起しつつ書く。「素描と絵画の起源はおそらく影なのだ*30」。

観相学的知の起源としての女性——ラファーター自身のテクストでは単なる暗示にとどまっていたこの性的な含意が、意外な逆転とともに展開されたのは、一七九二年の英語版で差し替えられた一枚の図版においてである。モデルの正確なシルエットを制作するためにラファーターが考案した装置《マシーン》を示す図版の登場人物が、ドイツ語初版（一七七六年）の男性二人［図5］から、モデルの女性とその影を写し取る男性［図6］に変えられた。この新しい図像に関する美術史家ストイキツァの注釈は眼が醒めるほど鮮やかだ。

［図4］ジョセフ=ブノワ・シュヴァ、《絵画芸術の発明》1791年*29

興味深いのは、ラファーターの「装置」が、プリニウス神話に触発された着想とキリスト教で伝統的に用いられてきた（ただし、プロテスタントでは廃止された）「魂の治療」器具、すなわち告解室とを合体させたものであるということだ。［…］観相学者は、投射スクリーンを通して提供されたイメージに目をこらすが、その様子は、司祭が、格子の向こう側から漏れ伝わってくる肉体なき匿名の声に耳を傾けるのとまったく同じものである。*33

男女がその役割を逆転し、影を写し取る側にまわった男が女の傍らから離れてスクリーンの向こう側に身を隠すとき、絵画芸術を誕生させた愛の物語は、カトリック教会の薄暗い告解室における

［図5］ラファーター、『観相学断片』、1776年ドイツ語初版挿絵*31

［図6］ラファーター、『観相学断片』、1792年英語版挿絵*32

［図7］ピエトロ・ロンギ、《告解》、1759年頃*34

罪の告白に姿を変えてしまう［図7］。影絵の装置は、そこにやってくる者から恐るべき秘密を次々と引き出す告解の装置になったのである。スイスの牧師がひそかな称賛を捧げていたコリントスの娘はどうなったか？　愛する若者の傍らでその影にやさしく触れていた娘は、たった一人その場に残され、いっさいの身動きを禁じられて、自分の影からだだ洩れする告白になす術もない。人々が笑いさざめきながら影絵を交換しあっていた客間はどうなったか？　図5から図6へ、部屋は一挙に薄暗くなり、空間的な指標を失って、不安があたりを支配しているようにみえる。談笑は不意にやんで、聞こえるのは意味ありげなひそひそ声だけだ。誰かの影が不意に漏らした告白が、その場の雰囲気を一変させてしまった。影が不意にいうべきではなかったことをいいはじめたからである。

明るい客間と仄暗い告解室、キャラクターの遊戯と告解の秘跡、科学と黒魔術、人々の結合と分断、礼儀とスキャンダル――これが、一九世紀の観相学的諸実践を特徴づけていた両義性なのだ。エパンチン家の客間でのムイシキンの語りから感じられる独特な曖昧さは、この両極の緊張関係に由来していたのである。そして、この均衡は長続きしない。

スキャンダル

罪の女の登場が状況を一変させる。人々を結びつけていた「礼儀《プリリーチエ》」（対面の作法）が突然破られ、苦悩に満ちた異形の顔が闖入して、そこにいた人々をばらばらにしてしまう。――『白痴』におけるナスターシャ・フィリッポヴナの顔は、まさしくそのようなスキャンダルとして登場している。それはごく意外なところからエパンチン家の客間に侵入し、公爵と女たちの運命を決定的に狂わせてしまうのだ。「さあ、試験はすみましたよ！」とリザヴェータ・プロコフィエヴナが満足げに叫んだ直後、言い残していた三女アグラーヤの顔に関するコメントを求められたムイシキンは、不用意にも、そこでけっしていうべきではなかった人物の名前を口にしてしまう。

「とてもお美しいですね！」夢中になってアグラーヤを見つめていたムイシキンは熱烈な調子で答えた。「ほとんどナスターシャ・フィリッポヴナのようです。もっとも、顔はまるで違いますが……」。（第一部第七章）

幼い頃から富豪の愛人として育てられた、このいわくつきの人物の名そのものがスキャンダルなのではない。エパンチン家の誇りである三女を、こともあろうにあの女と結びつける「ほとんど……のような」がスキャンダルなのである。驚いた将軍夫人は急いでその肖像写真を取りにやらせるだろう。写真とはまさしく、ラファーターの観相学がけっして利用することのできなかったメディアだ。こうして、『白痴』の顔はまた別の空間に入っていく。

＊1　Graeme Tytler, *Physiognomy in the European Novel*, p. xiv

＊2　John Graham, "Lavater's *Physiognomy* in England," p. 561

＊3　高山宏、「〈神の書跡〉としての顔」、一七一―一七二ページ

＊4　ロドルフ・テプフェール、『M《ムッシュー》・ヴィユ・ボワ』、『復刻版　観相学試論』、ティエリ・グルンステン、『線が顔になるとき』、佐々木果、『まんが史の基礎問題』ほか参照。

＊5　リチャード・セネット、『公共性の喪失』、ジュディス・ウェクスラー、『人間喜劇』

＊6　「〈神の書跡〉としての顔」、一七一ページ

＊7　ヴォルフガング・シヴェルブシュ、『鉄道旅行の歴史』、第五章

＊8　江川卓、『謎とき『白痴』』、一七、一八四ページ

＊9　С. Д. Яновский, "Воспоминания о Достоевском", *Русский вестник*, 1885, апрель. Цит. по: *Ф. М. Достоевский в воспоминаниях современников*, т. 1, с. 239; James L. Rice, *Dostoevsky and the Healing Art*, pp. 122ff

＊10　Edmund Heier, "Lavater's System of Physiognomy as a Mode of Characterization in Lermontov's Prose," pp. 267-282; "Elements of Physiognomy and Pathognomy in the Works of I. S. Turgenev," pp. 7-52; *Studies on Johann Caspar Lavater (1741-1801) in Russia*

＊11　小林秀雄、『ドストエフスキイの生活』、第九章（『新訂小林秀雄全集』第五巻）

＊12　*Physiognomy in the European Novel*, p. 60

＊13　"Lavater's *Physiognomy* in England," pp. 561-562

＊14　Christoph Siegrist, "'Letters of the Devine Alphabet,'" p. 35

＊15　『記憶された身体』、一二二ページ（エレオノーラ・ルイス、川口雅子・訳）

＊16　*Physiognomy in the European Novel*, p. 57

＊17　John Caspar Lavater, *Essays on Physiognomy*, p. 44

＊18　Marion Mainwaring, ed., *The Portrait Game*, pp. 12-13

＊19 *Литературное наследово*, т. 73, кн. 1, с. 500

＊20 *Литературное наследово*, т. 73, кн. 1, с. 500 のフランス語原文とロシア語訳、*The Portrait Game*, p. 112 の英訳を参照して訳出した。

＊21 Cited in Mainwaring, *The Portrait Gamez*, p. 18

＊22 E・H・ゴンブリッチ、『芸術と幻影』、四五八ページ

＊23 『復刻版　観相学試論』、九ページ

＊24 『芸術と幻影』、四五五ページ

＊25 『観相学試論』、一七ページ

＊26 Ф. М. Достоевский, *Полн. собр. соч.*, т. 8, с. 357

＊27 Достоевский, *Полн. собр. соч.*, т. 9, с. 163-165

＊28 Leslie A. Johnson, "The Face of the Other in *Idiot*," p. 871

＊29 https://upload.wikimedia.org/wikipedia/commons/9/90/Joseph_Benoit_Suvee%2C_The_Invention_of_the_Art_of_Drawing%2C_1791._Groeningemuseum%2C_Bruges.jpg（二〇一八年一一月一二日アクセス）

＊30 *Essays on Physiognomy*, pp. 188-189

＊31 https://drawingmachines.org/post.php?id=202（二〇一八年一一月一二日アクセス）

＊32 https://drawingmachines.org/post.php?id=61（二〇一八年一一月一二日アクセス）

＊33 ヴィクトル・I・ストイキツァ、『影の歴史』、二一二ページ。表記と訳を一部変えている。

＊34 https://upload.wikimedia.org/wikipedia/commons/8/8b/The_confession.jpg（二〇一八年一一月一二日アクセス）

第3章

メディアと情動

前章で検討した〈顔の遊戯〉は新しい領域に入っていく。
本章では、ヒロイン、ナスターシャ・フィリッポヴナが、
顔の写真として登場するいくつかの場面に注目し、
写真というメディアの持つ情動性の強度を検証していく。
顔のクロースアップは、他者を日常的な空間の座標軸から引き離して
私たち一人一人の眼の前に立たせる。
惨たらしい戦争の災禍の写真は、
平和への呼びかけにもなれば、復讐を求める叫びにもなりうる。
〈顔〉は、私たちをたがいに結びつけもすれば、引き離しもするのである。

1 写真

肖像（写真）

客間のゲームの規則を破るスキャンダラスな顔の闖入――だが、ナスターシャ・フィリッポヴナがまさしく顔の写真として登場していることに十分な注意を払っている評者は意外に少ない。*1 バフチンやレヴィナスといった顔の思想家たちも、写真というテクノロジーには概して冷淡である。だが、『白痴』を注意深く読めば、小説家としてのドストエフスキーが写真の描写にどれほど気を配っているかは一目瞭然だ。ナスターシャ・フィリッポヴナの肖像写真を手にしたムイシキン公爵の突飛な振舞いはすでに序章で引用した。「奇妙な美だ！ 公爵は一分ばかり眺めていたが、ふとわれに返ってあたりを見回すと、急いで肖像を唇に近づけて、それに接吻した」（第一部第七章）。聖像に接吻するロシア民衆の伝統を想起させる敬虔な身振りだが、その後の展開のなかで、写真は打って変わった手荒い扱いを受けることになる。順に見てみよう。まずは、この直後、公爵に「あなたの娘さんはナスターシャ・フィリッポヴナに似ています」といわれたエパンチン将軍夫人がその写真を前にしたときの、いささか芝居がかった身振り。

将軍夫人はしばらく黙って、どこか軽蔑したような色をあらわにしながら、ナスターシャ・フィリッポヴナの肖像を眺めていた。腕を眼の前にぐっと伸ばし、これ見よがしに遠ざけている。

「そう、美人ね。すごく美人といってもいいくらい」彼女はついにそう言った。「二度お見かけしたことがあるけど、遠くからだったから。それじゃ、あなたはまさしくこういう美を評価なさるのね」彼女は突然公爵のほうを向いた。

「ええ、こういうのです」公爵はいささか苦しげに答えた。

「ということは、まさしくこのような?」

「まさしくこのような美です」。

「どこが?」

「この顔には……多くの苦しみがあって……」ふと口をついて出てしまったような公爵の言葉は、質問に答えるというより、独り言をつぶやいているようだった。

「でも、妄想かもしれませんよ」将軍夫人はそう断ずると、高飛車な手つきで、肖像をテーブルのうえに投げ出した。

またもや「苦しみ《ストラダーニヤ》」という語が出てきたが、次の場面はそのしばらくあと、エパンチン将軍の秘書でナスターシャ・フィリッポヴナの花婿候補であるガーニャの自宅兼下宿屋。息子と悪名高い情婦の結婚話におびえるニーナ夫人のもとに、娘のワーリャが当の女の写真を持って現れる。

「あの女《ひと》が今日自分で兄さんにプレゼントしたんですって」ワーリャは言った。「今晩すべてが決まるそうよ」。

「今晩なの！」絶望したようにニーナ夫人は小声で繰り返した。「ということは、もはや何の疑いもないし、希望も残っていないということね。肖像ですべてを知らせようとしたんだわ……でもあの子が自分でお前に見せてくれたのかい？」彼女は驚いて付け加えた。

「私たちがもうひと月もほとんど口をきいていないのを知っているでしょう。プチーツィンが全部教えてくれたの。肖像はあそこのテーブルの下の床にころがっていたのを拾ってきたのよ」。（第一部第八章）

一貫して「肖像《ポートレイト》」という単語が使われているが、ここで焦点を当てられているのが、モデルの主体性の表象としての肖像というよりは、写真のモノとしての側面であることは明らかだ。横柄にテーブルに投げ出され、床に捨てられ、再び拾い上げられるモノとしての写真。デジタル以前の写真経験のもっとも雄弁な証言であるスーザン・ソンタグの『写真論』（一九七七年）は、「写真は壊れやすいモノで、すぐ破れたり、置き忘れたりする」といって、写真の物質的側面を強調していたが、[*2]たしかにそれは、黒澤の映画にあったような、写真館のウィンドウに飾られた大判の肖像をガラス越しに眺めるという（どちらかといえば美術館や映画館に近い）経験とも、スマートフォンにストックされた膨大な画像を人差し指を滑らせながら次々と切り替えてゆく今日の経験とも大きく異なる映像経験である。小説のなかでこれに似た扱いのものを探すなら、ロゴージンの激烈な情欲の表現であるとともに、かぎりない憎悪の対象として、暖炉の火のなかに投じられ、再び拾い上げられる一〇万ルーブリの包みかもしれない（第一部第一六章）。ナスターシャ・フィリッポヴナの写真は、彼女をめぐる複雑な取引関係に巻き込まれた人々の手から手へと、まるで紙幣のように移動している。小説家はそれを丹念に追う。

文学的再認

その後、下宿先のガーニャの家で、ムイシキンとナスターシャ・フィリッポヴナは最初の出会いを果たす。何気なく開けた玄関のドアの前に、ナスターシャ・フィリッポヴナ本人が立っていたのだ。「肖像を見ていた彼はすぐにそれが彼女だと分かった」。驚いた彼は名前もきかずに彼女を客間に招じ入れてしまい、あとでナスターシャ・フィリッポヴナにさんざんからかわれることになる。「でもどうして私だと分かったの？　どこかで以前にお会いしたことがあったかしら？　どうでしょう、本当の話、どこかでこの方にお会いしたことがあるような気がするわ」。これに対する公爵の返答は、もうすでにほとんど口説き文句めいていて、傍らできいていたお調子者のフェルディシチェンコでさえ呆れてさせてしまうほどだ。

「先ほどあなたの肖像を拝見してたいへん驚いたのですよ」。彼はナスターシャ・フィリッポヴナに向かってつづけた。「そのあとエパンチン家の人たちとあなたの噂をしましたし……今朝早くには、まだペテルブルクに着く前の汽車のなかで、さんざんあなたの話をパルフョン・ロゴージンから聞かされました……ドアを開けたちょうどそのときも、あなたのことを考えていたんです。すると突然あなたがいらっしゃったから」。

「でもいったいどうして私だと分かったのかしら？」

「肖像がありましたし、それに……」

「それに、まだなにか？」

「それに、きっとあなたはまさにこんな方だろうと想像していたものですから……私も、まるであなたをどこかで見たことがあるような気がするのです」。

「えっ、どこで？」

「あなたの眼をどこかで見たことがあるような……でも、そんなことありえないですよね！ただなんとなく……ここに来たのもはじめてですし。ひょっとすると、夢で見たのかも……」（第一部第九章）

写真で見るよりも、話できくよりも、ずっと以前からあなたを知っていたような気がする。おそらく、夢のなかで……ほとんど文学的な紋切型と化した空想的な再認の過程であって、男女の違いはあるが、長いあいだ夢みていた白馬の王子との出会いに心躍らせる少女という、ロシア文学史ではプーシキン『エヴゲニー・オネーギン』(一八二五年―三二年)のタチヤーナ以来お馴染みのテーマの変形である。ムイシキンはのちのナスターシャ・フィリッポヴナの夜会でも同じ台詞を繰り返しているし(第一部第一九章)、ナスターシャ・フィリッポヴナ自身もほとんど同じようなことを口にするから、作者が空想の実現というテーマをそれなりに重視していたことは間違いない。

だが、どうだろう? 写真による再認というこのテーマは、小説の第二部以降、ほとんどとり上げられることがない。正確にいうと、「写真」は残るが、「再認」はそうではないのである。ムイシキンが「どこで」彼女と同じ「眼」を見たのかは明らかにされないし(黒澤の映画は、それが「死刑台に立たされた男の眼つき」であったとしているが、[*3]原作にそのような説明はない)、「あなたをどこかで見たことがある」という、いかにも謎めいた言葉も、第二部以降ほとんど忘れ去られてしまうようにみえる(先のムイシキン=能書家というテーマと同じように)。その代わりに、写真にはまた別の固定観念がとり憑くのだ。だが、それを見るためには、もう少し先まで読み進めなければならない。

ドストエフスキーの写真論1

騒々しい第一部が終わると、写真の主題はしばらく作品から姿を消す。その間に、ドストエフスキーその人の写真論を検討してみることにしよう。『白痴』の理解にどれくらい役立つかは分からないが、それなりに興味深いトピックではあるかもしれない。

だが、調べてみてすぐに気づくのは、ドストエフスキーは写真という技術に関して、概して否定的な言葉しか残していないということである。そもそも言及自体が少ないが、比較的よく知られているのは『未成年』（一八七五年）のヴェルシーロフの写真論だ。部屋に飾られている母の肖像写真に感動した息子に彼が語って聞かせるそれは、ほぼ一八七三年の評論（『作家の日記』九）の繰り返しだから、作家自身の写真観をかなり忠実に反映したものと見なしてよい。ヴェルシーロフはそこでこんなふうに語っている。

「いいかい」彼は言った。「写真が本人に似ることは、ごくまれにしかないのだよ。それもそのはずで、実物からして——ということは、われわれみんながそうなのだが——自分自身に似ることはごくまれにしかないからだ。人間の顔がその根本的な特徴を表現し、そのもっとも特徴的な思想を見せるのは、ごくまれな瞬間だけだ。画家は顔を研究して、この根本思想をつきとめようとする。絵を描いているときに、それが顔にまったく出ていなかったとしてもだ。写真はどうかというと、そのときどきの相手の姿をそのまま捉えるだけだから、ときにはナポレオンが愚か者に見えたり、ビスマルクが柔和な人間に見えたりすることも十分あり得る。（『未成年』第三部第七章一）

「自分自身に似る похож на себя」という一風変わった表現に注目しよう。ロシア語としては必ずしも珍しいいい方ではないが（ダーリの辞書には「君は君自身に似ていない（変わってしまった）」という例文が載っている）、考えてみれば、「似ていること」が、深く「私」と「他者」の間主観的《インターサブジェクティヴ》な関係に根ざしている点において興味深い。私はカメラの前でポーズをとり、私らしい表情を作ろうと試みることができる。だが、それが本当に私らしい顔になっているかをいうことができるのは他者だけだ（似ているかどうかを判断するのはつねに他者である）。序章で触れた〈顔の原理〉の端的な例であって、ものいわぬ器械であるカメラは、この「他者」の役割を果たすことができない。「モデルを座らせて、準備をしたり、じっと見つめたりする」ことで、「他者」としての積極的な権利を行使するのは画家であって（『作家の日記』一八七三年、九「展覧会について」）、カメラは「私」と「他者」の間主観的関係を切断してしまうのだ。かりにそれがモデルの真の姿を捉えることがあったとしても（いまヴェルシーロフと息子のアルカージーは、かつて美しかった妻ソーニャのみごとな肖像写真に見入っている）、それは、「私」とも「他者」とも無縁な「太陽」がもたらした偶然の結果にすぎず（「ところが、この肖像では、まるで狙いすましたように、太陽がソーニャの根本的な瞬間を捉えたのだよ」とヴェロシーロフはいう）、写真というテクノロジーの本質とは無関係とされているのである。

　ドストエフスキーのこうした考え方は、やはり写真という技術に懐疑的だったバフチンの議論で補完することができる。彼にいわせれば、「自分の写真のうちにわれわれが見ているのは、自分ではなく、作者を欠く自らの反映でしかない」。それは「存在の光学的純粋性を濁らせる、いかがわしい虚構の産物」であって、私にとり憑く「幽霊」にすぎないのだ（「美的活動における作者と主人公」[*4]）。

顔の思想家は顔のメディアとは折りあいが悪いようにみえる。

ドストエフスキーの写真論2

だが、ドストエフスキーには、また別の写真論もあるのだ。一八七三年一月に彼が友人の妻オリガ・コズローワのアルバムに残した書き込みである（読者はアグラーヤがムイシキンに頼んでいた記念帳への書き込みを思い出すだろう）。マイナーだがきわめて重要なテクストであって、以下にその全文を掲げる。

貴女のアルバムを拝見して羨ましく思いました。なんと多くのお友達がこの豪華な記念帳に名前を残していることでしょう！　なんと多くの生のいきいきとした瞬間を、これらの頁が思い起こさせてくれることでしょう！　私は自分がもっとも愛した人々の写真を何枚か大事に持っているのですが、どうしてなのでしょう？　それらの写真を私はまったく見ないのです。どういうわけか、私には、回想は苦しみにも等しいのです。それも、思いかえす瞬間が幸福なものであればあるほど、そこから受ける苦しみも大きいのです。ですが同時に、あらゆる喪失にもかかわらず、私は生を熱烈に愛しています。生を生のために愛しているのです。そして、真面目な話ですが、いまだになお、これから私の生を始めようとしているのです。私はもうすぐ五十になりますが、自分が生を終えつつあるのか、それとも始めたばかりなのか、いまだにどうしても分かりません。これが私の性格の主要な特徴なのであって、おそらく、仕事の特徴にもなっているかもしれません。

フョードル・ドストエフスキー
七三年一月三一日[*5]

飛躍の多い文章で、文意を把握するのは必ずしも容易ではないが、とりあえず、ドストエフスキーにとって写真がなによりも「回想」のメディアであり、あるいはむしろ「回想」の困難のメディアであって、それゆえ（またも！）「苦しみ《ストラダーニエ》」と切り離せないものであったことはたしかだ。いま、私の眼の前のアルバムに、写真はたしかに存在している。そこに写っている愛しい人の面影は、たしかにこのうえないほど生き生きとしている。しかし、写真の「いま」と被写体の「かつて」のあいだには大きな隔たりがあって、私はそれを取り戻すことができない。写真論の古典『明るい部屋』（一九八〇年）のバルトは、写真が伝える本質的なメッセージを、「それは―かつて―あった（がしかし、ただちに引き離されてしまった）[*6]」と表現していた。「回想は苦しみにも等しいのです」というドストエフスキーの言葉も、単に「写真は懐かしい」といっているのではない。むしろ「私は写真をうまく思い出すことができない」といっているのである。ドストエフスキーは回想に苦しんでいる。ちょうど、「ヒステリー症者は、主に回想に病んでいるのである」といわれるように。[*7]

だが、つづけて私たちを驚かせ、深く感動させるのは、文章の後半における突然の転調だ。「ですが同時に、あらゆる喪失にもかかわらず、私は生を熱烈に愛しています。生を生のために愛しているのです」。

あたかも眼の前の写真がもたらす深い喪失感に対する代償でもあるかのように、ドストエフスキーの眼の前に、輝かしい「生」の幻覚が現れるのである――『地下室の手記』（一八六四年）の結末において同語反復的に（あるいはほとんど吃音的に）「生ける生《ジヴァヤ・ジーズニ》」と呼ばれていたものだ。「それは―かつて―あった」のノスタルジーに抗って、彼は自らの生をもう一度新たにはじめようとする。そこで彼が自らを見出すのは、始まりも終わりもない未完結の現在だ。「自分が生を終えつつあるのか、それとも始めたばかりなのか、いまだにどうしても分かりません」。第一の写真論のドストエフスキーが、「私」と「他者」の真正な間主観的関係を重視し、その不完全な複製にすぎない写真を断罪していたとすれば、第二の写真論のドストエフスキーは、写真を前にした主体の危機の時間的構造を見きわめようとしている。写真の苦しみは克服されなければならない。顔はここで、単なる視覚的現象には還元されない時間の問題として現れている。

2 クロースアップとモンタージュ

ムイシキンとバーゼルの絵

『白痴』第三部第二章におけるナスターシャ・フィリッポヴナの写真の再登場――きわめて重要な場面――に移る前に、もう一つだけ寄り道をしておこう。『白痴』における顔とメディアの関係という問題に別の角度から照明を当ててくれる箇所だ。舞台はまたしても第一部のエパンチン家の客間。ムイシキン公爵が女たちに語りきかせる物語の最後から二番目。先ほど召使の控えの間で話したばかりの死刑の話を再び話すように乞われて戸惑った彼は、その代わりに、二女アデライーダが探しているという新しい絵の主題を提案する。「こんなのはどうでしょう。ギロチンにかけられる一分前の死刑囚の顔を描くんです。まだ断頭台の上に立っていて、板に寝かせられる前のね」。画題としてはいかにも奇妙だが、「前にバーゼルでそんな絵を見たことがあるんです」といって自らの提案を正当化しようとするムイシキンは、アデライーダの矢継ぎ早の質問に答えるかたちで、自らのアイデアを事細かに説明する（第一部第五章）。原文で二ページ近くになるその長大な物語から、冒頭と末尾の部分を引用しよう。まずは冒頭部分。

「それは死のきっかり一分前です」公爵はすっかり乗り気になって語りはじめ、夢中になって記憶をたぐって、ほかのことはみなすぐに忘れてしまったようだった。「つまり、男が階段を上りきって、断頭台に一歩を踏み出した瞬間なんです。そこで彼は私の方をちらっと見ました。私はその顔を見て、すべてを理解したのです……それにしても、どうお話しすればいいんでしょう！」

つづけてムイシキンが語るのは、この瞬間にいたる死刑囚の一日の物語だ。最初の戸惑い、朝食と身支度、刑場への道のり、ひしめく群集の顔、最後に訪れた絶望。人は自分の首を斬り落とすギロチンの刃が滑り落ちてくる音を聞くことができるだろうか？……だが、長い物語を締めくくるムイシキンの指示はあくまでも具体的である。

「断頭台は、梯子段の最後の一段だけが、はっきり、近くに見えるように描いてください。罪人がそこに足をかけました。頭ですが、顔は紙のように蒼白で、司祭が十字架を差し出すと、むさぼるように紫色の唇をのばし、じっと見ています。そして——何もかも分かっている。十字架と頭——それを絵にするんです。司祭の顔や、刑吏とその二人の助手、下にいる人たちの頭や眼は、全部、いわば背景として、ぼんやりと描いておけばいいでしょう。アクセサリーとしてね……。ざっとこんな絵です」。

この一節で興味深いのは、研究者たちのあいだにみられる見解の不一致である。ムイシキンがバーゼルの美術館で見たという絵について、アカデミー版全集の註はそれをハンス・フリースの《洗礼者聖ヨハネの斬首》(一五一四年)であるとし、今日にいたるまで多くの注釈者はそれに従ってきた。だが、実際に作品を見てみれば、これはとうてい容認しがたい解釈なのである。跪いた聖人と、その髪を摑んで剣を振り下ろそうとしている刑吏を描いたフリースの絵には断頭台も十字架もなく、ムイシキンの絵との類似はただ処刑直前ということだけだからだ。それかあらぬか、ザハーロフ編の新しい全集は、創作ノートでドストエフスキーが「バーゼルの絵」と呼んでいたのが一貫してハンス・ホルバイン(子)の《墓の中の死せるキリスト》(一五二一/二二年)であったことを根拠に従来の解釈に疑問を呈しているし、[*8]河出文庫版の望月哲男も註でホルバインの名を挙げている。のちに登場して重要な役割を果たすのはこの絵だから穏当な解釈ではあるが、死んだキリストと断頭台の死刑囚はまるで違うから、「バーゼルの絵」に対するムイシキンの言及は、それに続く画題の提案とは無関係だったことになってしまう。ムイシキンの絵と似た絵をバーゼルで探せばこじつけめいた解釈になるほかなく、前後の文脈からそれらしい絵を当てはめればムイシキンの絵と関係なくなってしまう。つまり、フリースとホルバインのどちらを選ぶにせよ、ムイシキンが提案する絵を具体的に思い浮かべるよすがにはならないのである。

ドストエフスキー、エイゼンシュテイン、そして私たち

なぜこんなことになるのか？　理由はおそらく単純だ。研究者たちがムイシキンの絵と似た絵を見つけることができないのは、彼らがムイシキンの絵を思いえがくことができないからである。人は知らないものに似たものを探すことはできない。そして、彼らがムイシキンの絵を思いえがくことができないのは、それが一枚の絵にならないからである。

以前、授業中の課題として、ムイシキンが提案している絵を想像で描かせてみたことがある。喉の調子が悪くて思うように進まない日だったから、学生に課題を与えておいて、そのあいだちょっと休もうという魂胆もあった。まったくの思いつきだったから提出もさせなかったし、数も数えなかったのが残念だが、結果は見事だった。七、八〇人ほどの出席者が四つのタイプにきれいに分かれたのである。第一のタイプは白紙で、これはもちろん除外。第二のタイプは断頭台と梯子段、死刑囚とそれを取り巻く人々、広場にひしめく群集などを、少し離れたところから一望に収めたもの。イラストが得意な学生たちが比較的多かったように記憶している。第三のタイプは大きな十字と卵形を描いて、そこで行き詰ってしまったもの。「十字架と頭――それを絵にするんです」というムイシキンの言葉を真に受ければそうなるだろう。第四のタイプはもっと悲惨で、梯子段の最後の一段に乗せられた片足を描いて、そのまま絶句している。

だが、よく考えてみれば、ムイシキンの言葉に照らして正しいのは第三、第四のタイプである。すべての要素が揃っているが、最後の一段に乗せられた片足が近くに見えず、十字架に接吻する紫

色の唇の震えも見分けられない第二のタイプは間違いなのだ。しかし、片足と唇を同時に近くで見ることはできないから、ムイシキンの画題を一枚の画面に収めることは不可能であり、何枚かの絵を連続して示さなければならないことになる。梯子段の最後の一段にかけられた片足。つづけて蒼白な顔と十字架、こちらに向けられたまなざし。そしてまわりを取り巻く灰色の人々――この光景は複数の画面からなるシークエンスを構成している。それは、死刑囚の片足と十字架に接吻する顔のクロースアップを含む、複数のショットのモンタージュとして構成されているのである。

「鉄瓶がそれを始めたのだ」――映画監督のエイゼンシュテイン（一八九八－一九四八）は、ディケンズ『炉ばたのこおろぎ』（一八四五年）冒頭のこの一句のなかに、ハリウッドの父D・W・グリフィス（一八七五－一九四八）につながる真正のクロースアップを認めた（「ディケンズ、グリフィス、そして私たち」一九四四年）[*9]。グリフィスが『時は流れて』（一九〇八年）で航海に出た夫の身を案じる妻の顔を大写しにし、つづいて難破して無人島に投げ出された夫の画面を挿入したとき――つまり、史上はじめてクロースアップをモンタージュ的に使ったとき、彼は自分が一九世紀のイギリス人作家の手法に従っていることに自覚的だった。モンタージュもクロースアップも、一八九五年の映画の発明以前に誕生していたのである。であれば、ディケンズと並んで、『白痴』のドストエフスキーもまたクロースアップの先駆者であったといってもおかしくない。ムイシキンが提案する死刑囚の絵は映画以前のモンタージュであり、クロースアップであったのだ。

顔＝クロースアップ＝情動

クロースアップの効果とはなにか？　エイゼンシュテインについてはまたのちに考えることにして、ここではほぼ同時代の映画評論家で、エイゼンシュテインの論敵でもあったハンガリーのバラージュ（一八八四－一九四九）の考察を引用することにしよう。『映画の理論』（一九四九年）で彼は、クロースアップによる知覚が開く〈顔〉の新しい次元について、次のように述べている。

> グリフィスの天才が、大胆不敵にも映画のスクリーンにはじめて巨大な《切りおとされた首》を映写したとき、彼は人間の顔を空間的にわれわれに近づけたばかりではなかった。彼は同時にそれを空間の次元から別の次元に移したのだ。［…］それは空間の中にも、時間のなかにも置かれていると考える必要はない。群集のなかにあるその顔を見た直後であっても、それが他から切りはなされてクローズ・アップされるとき、われわれは突然、この顔と二人きりになったように感ずる。［…］顔の表現とその表現のもつ意味は、何らの空間的な関係も、空間との何らの結びつきももたないからである。孤立した顔と向き合うとき、われわれは空間の中にいるとは感じない。われわれの空間感覚は失われてしまい、異質な次元、すなわち相貌が開けてくる。*10

このすばらしい一節でバラージュが語っているのは、私たちの知覚が変化して他者の〈顔〉が出現する条件だ。最後に出てくる「相貌《フィジオグノミー》」の一語が、一九世紀観相学《フィジオグノミー》を通過してきた私たちを考古学的な感慨にいざなう。事実、見知らぬ群集のなかから不意に突出して私たちを驚かせる他者の顔は、一九世紀文学が繰り返し語ってきた主題であって——大通りで出会った女のあとを追う二人の男の対照的な運命を描くゴーゴリの『ネフスキー大通り』（一八三五年）、喫茶店の窓から偶然見かけた顔に驚き、まるまる一昼夜に及ぶ追跡へと駆り立てられる男を描いたE・A・ポーの『群集の人』（一八四〇年）、耳を聾する街路でのひと目の恋の惑乱をうたうボードレールのソネット「通りすがりの女《ひと》に」（一八六〇年）などを見てほしい——、この定型主題《トポス》が二〇世紀後半に出版された認知科学の研究書でもきっちり踏襲されているのを見るのは感動的ですらある（「私たちはどうやって人混みのなかから知っている人を見分けているのだろうか?」）[*11]。〈顔〉とは群集からの際立ちであり、周囲から切り離された異次元の出現なのだ（バラージュはつづく一節で「時間」の経過から際立つ「持続《デュレ》」としての旋律《メロディー》というベルクソンの例も引き合いに出している）[*12]。『シネマ1』のドゥルーズは、バラージュの言葉を引きながら、一歩進めてこう断言するだろう。「顔はそれ自体がクロースアップであり、クロースアップはそれ自体で顔である」[*13]。

彼はもちろん、クロースアップが発明された一九〇八年以前に人間は顔をもっていなかったなどと主張しているわけではない。顔がクロースアップの効果であったとすれば、クロースアップもまた、観相学的なまなざしの変化が要請した技術だった。観相学と映画のクロースアップは、その原体験を、一九世紀の大都市の雑踏のうちに共有しているのである。

ムイシキンの絵＝クロースアップ／モンタージュに関しては、もう一つ指摘しておかなければならないことがある。なぜそれがほかならぬ死刑囚の顔でなければならなかったかということだ。これについては美術史の岡田温司がヒントをくれる。

わたしがここで仮説として示したいのは、映画のクロースアップと絵画のそれとのあいだにあると想定される隠れた関係である。［…］絵画のクロースアップは何よりもまず、受難のキリストの顔として発展してきたという経緯がある。まさしく偶像（アイドル）の「情念＝受苦（パッション）」である（ドライヤーがジャンヌ・ダルクの「パッション」をテーマにしたのもおそらく偶然ではない）。*14

ドストエフスキーの『白痴』や写真の顔が、繰り返し「苦しみ《ストラダーニエ》」の表現として語られてきたのは偶然ではなかった（「苦しいほど情熱的な」ロゴージンの顔、「多くの苦しみ」に満ちたナスターシャ・フィリッポヴナの写真、写真を眼の前にしたドストエフスキーの「苦しみにも等しい」回想……）。クロースアップは苦しみの表現として発達してきた。他者の苦しみが私たちの知覚を変化させ、顔＝クロースアップの次元を開く。顔は苦悩の情動であり、クロースアップは苦しんでいる他者を日常の座標軸から引き離して、私たち一人一人の眼の前に立たせるのである。

3 苦悩の時間

写真の再登場

ナスターシャ・フィリッポヴナの写真の再登場は、もはやあまりにも多くのことが起こったあとだ――半年間の失踪と、その間に繰り広げられていたとおぼしき奇妙な三角関係。ペテルブルクへの帰還。ロゴージンの凶行と癲癇発作。パーヴロフスクへの転居と「パヴリーシチェフの息子」なる人物の来訪。エパンチン家の娘たちの新しい花婿候補の出現……再登場といっても、写真そのものが再び出てくるわけではない。ある気持ちのよい晩、エパンチン家の人々と連れ立って野外音楽会に出かけたムイシキンは、上品なその場の雰囲気をかき乱すように出現した集団のなかに、ナスターシャ・フィリッポヴナの姿を認める。彼女がロゴージンのもとへ逃げ出してからすでに三か月余り。強い不安に駆られたアグラーヤの隣で、彼はナスターシャ・フィリッポヴナから眼を離すことができない。少々長いが、省略せずに引用する。

　公爵はもう三か月余りも彼女を見ていなかった。ペテルブルクに戻ってからというもの、彼女のもとを訪れようとはいつも思っていたのだが、おそらくは秘かな予感のようなものが彼を押しとどめていたのである。少なくとも、彼女と会ったときに受けるであろう印象をどうしても推測することができなかった。ときに彼はぞっとしながらそれを思いえがいてみようとした。ただ一つはっきり分かっていたのは、それは重苦しいものになるだろうということだった。この六か月のあいだ、彼は何度か最初の印象を思い返していた――まだ肖像しか見ていないときに、この女性の顔が自分に与えた印象をである。だが、彼の記憶では、肖像から受けた印象にすら、あまりに重苦しいものがあった。毎日のように彼女に会っていた地方でのひと月は彼に恐ろしい作用を及ぼしたので、ときに彼は、まだつい最近のこの記憶を追い払おうとしていたほどだった。この女性の顔そのもののうちに、つねに彼を苦しめるものがあった。ロゴージンと話したとき、公爵はこの感覚を限りない憐れみの感覚と表現していたし、それは真実だった。まだ肖像しか見ないうちから、この顔は彼の心にまぎれもない憐れみの苦しみを呼び起こしていたのである。この者に対する同情の印象はときに苦しいほどで、彼の心をいっときも離れず、いまもそのまま残っていた。いや、むしろいっそう強まっていたのである。だが公爵は自分がロゴージンに言った言葉には不満だった。いま、彼女が不意に現れたこの瞬間になってはじめて、彼は、おそらく直感によって、自分の言葉に足りなかったものを理解したのである。足りなかったのは恐怖を表現することができる言葉だった。そう、恐怖だ！　いま、この瞬間、彼はまさしくそれを感じていた。彼にはこの女性の狂気を推察する特別の理由があったし、それを確信していた。もし、この世で一人の女性をなによりも愛し、あるいはそのような愛の可能性を予感しながら、突然、その女性が鉄格子の向こうで鎖につながれ、看守の棍棒で威嚇されているのを見たとしたら、そのときに受ける印象が、いま公爵が感じたものにいくらか似ているかもしれない。「ねえどうしたの?」振り返ったアグラーヤは早口でささやくと、無邪気に彼の腕を引っ張った。(第三部第二章)

ナスターシャ・フィリッポヴナはすぐ眼の前にいる。だが、彼がたちまち思い出すのは最初の写真の印象だ――「この女性の顔そのもののうちに」あって、「まだ肖像しか」見ていないときに与えられた印象、「まだ肖像しか見ないうちから」彼の心に呼び起こされた「憐れみの苦しみ」である。幾人かの研究者がすでに指摘しているように、「公爵は小説のなかで何度かナスターシャ・フィリッポヴナと対面するが、彼に最後までつきまとうのは、写真によって彼の心のなかに作り出されたイメージ」[*15]なのだ。彼の知覚は深くメディアに侵食されているのであり、のちの写真論1で自らが主張することになる写真に対する現実の優位というテーゼを、ドストエフスキーはここであらかじめ転倒してしまっている。序章でも引いた小林秀雄の言葉を再び引用すれば、「彼に必要だったものは、ナスタアシャの写真が彼に与えた一つの固定観念であり、ナスタアシャという女は、ムィシュキンにとって、最後まで、写真の印象を一歩も出ていないのだ」[*16]。ではこの「固定観念」とはなにか?

性急な憶測は控えよう。ただ、一つのことだけはたしかだ。ナスターシャ・フィリッポヴナの顔は、ムイシキン自身があとから繰り返し想起し、意味づけなおさなければならないものとして経験されている（「この六か月のあいだ、彼は何度か最初の印象を思い返していた」）。彼女の相貌に当初与えられていた観相学的解釈はすっかり忘れられて顧みられることがなく（いったいあの「眼の下の二つの小骨」はどうなってしまったのか?）、「憐れみ」から「同情」へ、「同情」から「恐怖」へと彼の解釈は揺れる（「いま、彼女が不意に現れたこの瞬間になってはじめて、彼は、おそらく直感によって、自分の言葉に足りなかったものを理解したのである」）。ムイシキンは回想に苦しんでいる（アルバムの写真を前にして苦しんでいる作者自身のように）。ナスターシャ・フィリッポヴナとの時間は成熟に向かって積み重ねられていくことなく、最初の写真との出会いという出来事に繰り返し立ち戻るばかりだったのである。

精神分析はこのような時間経験に「事後性」という名を与えた。「事後的に修正されるのは体験されたもの一般ではなくて、次のようなもののみが選択的に修正される。すなわちそれがまさに生きられた瞬間において意味文脈中に完全には統合されえなかったものである。そのように体験されたものの典型は外傷的な出来事である」[*17]。ナスターシャ・フィリッポヴナの写真は、それが生きられた瞬間にはムイシキンの生の文脈中に統合することができなかった外傷的な視覚であり、それゆえ彼は苦痛に満ちた回想を繰り返して、その意味を探り続けるほかはない。ナスターシャ・フィリッポヴナはムイシキンの反復強迫の症状なのであり、のちの彼の言葉はその苦しい自覚を告げている。「なぜ彼は、いつも、あの女性が最後の最後の瞬間に現れて、自分の運命をそっくりそのまま、朽ちた糸のように引きちぎってしまうだろうという気がしていたのだろう」（第四部第八章）。

「回想は苦しみにも等しいのです」――ドストエフスキーの写真論2は、写真という外傷的な出来事における事後性の論理を語っていたのである。先の引用文の最後は、ドストエフスキーが描き出したなかでももっとも痛ましいイメージの一つだろう――もし、この世で一人の女性をなによりも愛し、しかもその女性が鉄格子の向こうで鎖につながれ、看守の棍棒で威嚇されているのを見なければならなかったとしたら？　苦しんでいる他者の顔を前にして、私たちはどうすることができるのか？

苦悩＝共苦＝情欲

しかし、そもそも愛する女性の顔が「憐れみの苦しみ《ストラダーニエ》」を呼び起こすとか、「この者に対する同情の印象はときに苦しいほど」であったとかいうのは、いったいどういうことか？　その内容は措くとしても、言語表現からして異様なのである。後者などは情け容赦なく直訳すれば「同情《ソストラダーニエ》（＝共苦）と苦しみ《ストラダーニエ》でさえある印象」だから、ほとんど語呂あわせのようなものだ（「同情《ソストラダーニエ》」は分解すれば「共に《ソ》」「苦しむこと《ストラダーニエ》」で、英語でいえば〝compassion〟に当たる）。これまでも注意を喚起しておいたように（本書第2章）、語源を共有する語（上記の「苦しみ」と「同情＝共苦」のほかに、「情欲《ストラースチ》」や「情欲《ストラースノスチ》」もそうだ）を極端に接近させるこのような用法は、ナスターシャ・フィリッポヴナに関してもロゴージンに関しても見られる（前者の「情熱的《ストラースノエ》」で「きっとひどく苦しんだ《ストラダーラ》」ような表情、後者の「苦しいほど《ストラダーニエ》情熱的《ストラースノエ》な」顔）。そのもっとも極端な例は（少々戻ることになるが）第二部第五章におけるムイシキンの長大な独白だ。六月初めの暑い日の夕方、ロゴージンとの重苦しい会談を終えてペテルブルクの街をさまようムイシキンは、ナスターシャ・フィリッポヴナへの自らの愛と、ロゴージンの情欲と、彼女の顔について、苦しい自問自答を繰り広げている。

ロゴージンは、そんなふうに愛しているんじゃない、同情《ソストラダーニエ》なんてない、「そんな憐れみなんてまったくない」という。もちろんあとで「おまえさんの憐れみはおれの愛よりずっと強いかもしれないがな」と付け加えていたけれど。だけどあれはわざと自分を中傷しているんだ。[…]いや、あれはただの情欲《ストラースノスチ》よりも深いものだ。それに彼女の顔が男の情欲《ストラースノスチ》をそそるだけなんてことがあるだろうか。それに、そもそもあの顔がいま情欲《ストラースチ》をそそるだろうか。あれが呼びさますのは苦しみ《ストラダーニエ》で、魂をすっかりとらえてしまうのだ。[…]いや、ロゴージンはわざと自分を中傷している。彼は大きな心をもっていて、苦しむ《ストラダーチ》ことも同情する《ソストラダーチ》こともできる。[…]同情《ソストラダーニエ》がロゴージン自身に分別と知恵を与えてくれるだろう。同情《ソストラダーニエ》は全人類が生きていくうえで、もっとも重要で、おそらくは唯一の法則なのだから。（第二部第五章）

ムイシキンは、他者の苦しみによって引き起こされ、他者と苦しみをともにするように駆り立てる同情が、人々を一つに結びつけることを願う。彼にとって、苦しむ他者の顔は人類の連帯の礎なのだ。だが、この文章はなんと深い両義性に貫かれていることだろう。煩を厭わず原語のルビを振ったのは、ムイシキンが対比している「同情」と「情欲」の文字通りの近さを際立たせたかったからだ。「同情＝共苦《ソストラダーニエ》」の「苦しみ《ストラダーニエ》」と語源を共有する「情欲《ストラースチ》」（ないし「情欲《ストラースノスチ》」）の差異はときにほとんど見分けがたくなる（ダーリの辞書にあるように、「ストラースチ」を複数形にして「キリストのストラースチ」とやれば、主の「受難passion」という意味だ）。[18] つまりそれらはもともと情動の強度を示すだけの語なのであって、私たちをたがいに結びつける唯一の法則であるとムイシキンがいう「苦しみ《ストラダーニエ》」や「同情＝共苦《ソストラダーニエ》」は容易に「情欲《ストラースチ》」に転化し、兄弟の契りを交わした二人の男を引き離してしまうのである。そもそも、ロゴージンの「情欲《ストラースノスチ》」が「同情《ソストラダーニエ》」に変わりうるというのであれば、ムイシキンの「同情《ソストラダーニエ》」もまた「情欲《ストラースノスチ》」でありうるはずではないか。

　顔は、私たちをたがいに結びつけもすれば、引き離しもするのである（ラファーターが社会的紐帯の原理になることを願った観相学が、同時に差別の道具にもなったように）。二〇〇一年九月一一日アメリカ同時多発テロ事件の衝撃をうけて、マスメディアに氾濫したおびただしい苦痛の映像の道徳的価値について考察した『他者の苦痛へのまなざし』（二〇〇三年）のスーザン・ソンタグは、「他者の苦痛へのまなざしが主題であるかぎり、「われわれ」という言葉は自明のものとして使われてはならない」[19]といっていた。惨たらしい戦争の災禍の写真は、平和への呼びかけにもなれば、復讐を求める叫びにもなりうる。ならば、苦しんでいる他者の顔を前にして、私たちはいったいどうすることができるのか？　ドストエフスキーはこの問いを、今度は一枚の絵画に託して追究する。

＊1 貴重な例外として次の二つを挙げておく。Andrew Wachtel, "Dostoevsky's *The Idiot*: The Novel as Photograph"; Stephen Hutchings, *Russian Literary Culture in the Camera Age*

＊2 Susan Sontag, *On Photography*, p. 4

＊3 『全集 黒澤明』第三巻、一〇二ページ

＊4 М. М. Бахтин, *Собр. соч.*, т. 1, с. 110, 112, 114

＊5 Ф. М. Достоевский, *Полн.собр. соч. в 30 т.*, т. 27, с. 119

＊6 ロラン・バルト、『明るい部屋』、九四ページ

＊7 ヨーゼフ・ブロイアー、ジークムント・フロイト、『ヒステリー研究』上、一八ページ

＊8 Ф. М. Достоевский, *Полное собрание сочинений: Канонические тексты*, т. VIII, с. 745-746

＊9 『エイゼンシュテイン全集』第六巻。膨大な遺稿を再編集した新しい著作集では、「クロースアップの歴史 История крупного плана」と改題されて、未完の大著『方法』第二巻に収められている（С. М. Эйзенштейн, *Метод*, т. 2）。

＊10 ベラ・バラージュ、『映画の理論』、七八―七九ページ

＊11 V・ブルース、『顔の認知と情報処理』、一―二ページ

＊12 『映画の理論』、七九―八〇ページ

＊13 ジル・ドゥルーズ、『シネマ1＊運動イメージ』、一五六ページ

＊14 岡田温司、『映画は絵画のように』、三三ページ

＊15 Zinaida Malenko and James J. Gebhard, "The Artistic Use of Portraits in Dostoevskij's *Idiot*," pp. 245-246

＊16 『新訂小林秀雄全集』第六巻、九九ページ

＊17 J・ラプランシュ、J・-B・ポンタリス、『精神分析用語辞典』、一八七ページ

＊18 リチャード・ピースは、ナスターシャ・フィリッポヴナの「あんたは何ごとも情熱《ストラースチ》一本槍で、何でも情熱《ストラースチ》の的にしてしまうんだから」という言葉（第二部第三章）を引用し、「ストラースチ」を「狂信 fanaticism」に近い意味で捉えて、ロゴージンの父親が共感を寄せていた旧教徒のセクト「去勢派」の性格をロゴージンのうちに見出そうとしている（Peace, *Dostoyevsky*, pp. 85-86）。ロゴージンという姓が旧教のロゴーシスコエ派と関係しており（これに関しては、中村喜和、『聖なるロシアを求めて』、二二二―二二三ページも参照）、パルフョンという名のギリシア語源が「童貞《パルテノス》」であるといった指摘ともあわせ興味深いが、ここで問題にしているのは、そのような特定の社会的タイプとして分化する以前の、未定形の情動としての「情欲＝受難」である。

＊19 スーザン・ソンタグ、『他者の苦痛へのまなざし』、五一六ページ

第4章

美術館のドストエフスキー

本章では、『白痴』の読み直しから少し離れて、
バーゼルとドレスデンにおけるドストエフスキーの美術館訪問が、
小説の構想に与えた影響に関して考えてみたい。
ホルバインの《墓の中の死せるキリスト》、ラファエッロの《システィーナの聖母》
にまつわるドストエフスキーの奇妙な行動から、顔の場所、
そして顔に向かい合う私たちの身体の変容へと、思索は進められてゆく。
「顔を見る」という言葉の意味が劇的に変化していく時代に、顔が逃げ込んだ
最後の砦が写真であった。それから150年もの歳月が経った今日、
人間の顔はどこに逃げ込んだのだろうか？

1 墓の中の死せるキリスト

バーゼルの美術館で

『白痴』は、その最初の構想から完成にいたるまで、すべてロシア国外で執筆されたドストエフスキーの唯一の作品である。二番目の妻アンナ・グリゴーリエヴナとの新婚旅行もかねた外国滞在は、結局、四年余りにも及んだが、その最初の年、一八六七年の八月二四日（露暦八月十二日）、二人はバーデンからジュネーヴに向かう途中で一日だけバーゼルに立ち寄る。当地の美術館で高名な画家ハンス・ホルバイン（子）の作品を見るためであった。バーゼルで見たホルバインの《墓の中の死せるキリスト》（一五二一／二二年）の印象は、数か月後の『白痴』の構想に決定的な影響を与えることになる。まだ画集などなかった時代、ドストエフスキーがわざわざバーゼルにおもむいたのは、先輩作家ニコライ・カラムジン（一七六六－一八二六）の影響であるらしい。一七八九年に当地を訪れたカラムジンは、美術館の印象をこんなふうに語っていたのである。「私はそこで、バーゼルの人でエラスムスの友人でもあった有名なホルバインの絵画を、大いなる注目と満足をもって見た。最後の晩餐の救世主はなんと美しい顔をしていることだろう！［……］十字架から降ろされたキリストに神々しいところはどこにも見られなかったが、死人の描写としてはたいへん自然だ。言い伝えによると、ホルバインは溺死したユダヤ人を見てこれを描いたらしい」（『ロシア人旅行者の手紙』[*1]）。

カラムジンの記述から想像していた絵と、スイスで実際に見た絵の印象はどれくらい違っていたのだろう。アンナ夫人が旅行中に得意の速記で書きつづけていた日記は、バーゼル美術館で見たホルバインの印象を次のように記録している。「驚くほど忠実に描かれているのかもしれないが、実際、ぜんぜん美的ではなかったし、私が感じたのは嫌悪と一種の恐怖だけだった」[*2]。

音楽会で三か月ぶりにナスターシャ・フィリッポヴナの姿を眼にしたムイシキン公爵を襲った「恐怖」――「もし、この世で一人の女性をなによりも愛し、あるいはそのような愛の可能性を予感しながら、突然、その女性が鉄格子の向こうで鎖につながれ、看守の棍棒で威嚇されているのを見たとしたら、そのときに受ける印象が、いま公爵が感じたものにいくらか似ているかもしれない」（第三部第二章）――これと同じ「恐怖」の一語を、ホルバインの死せるキリストを前にしたアンナ夫人は、夫の小説執筆の一年以上も前に日記に書きつけていたのである。もちろん、妻の日記中の一単語が夫の作品中にも現れるなどというのは、ごくありふれた偶然にすぎない。だが、つづけてアンナ夫人が伝えている夫フョードルの取り乱しぶりを見ると、死んだキリストの顔を前にしたドストエフスキーの動揺を、ナスターシャ・フィリッポヴナの顔を前にしたムイシキンの動揺に重ねてみたくもなるのだ。彼女は書いている。「ところがフェージャ（＝フョードル・ミハイロヴィチ・ドストエフスキー）はこの絵に感嘆していた。もっと近くから見たいと言って椅子の上に上ったので、私は罰金を請求されるのではないかと思ってひやひやした」。晩年の回想は、夫がホルバインの絵から受けた衝撃をさらに劇的に描き出す。「フョードル・ミハイロヴィチは釘づけになったように絵の前に立ちつくしていた。興奮したその顔には怯えたような表情が浮かんでいて、癲癇の発作の最初の瞬間に私が幾度となく見たものと同じだった」[*3]。《墓の中の死せるキリスト》の印象は、他の画家の宗教画のみならず、ホルバイン自身の他の宗教画ともはっきりと違うものだった。それは、キリストの美に向かいあう感動どころか、川から引き上げられた溺死体を偶然目撃してしまったような驚愕と「恐怖」を引き起こしていたのである。それにしても、至近距離で見るために美術館の椅子に上ってみたり（当時、この絵は現在よりもやや高い位置に架けられていたらしい。今日ではちょうど眼の高さにあるから、椅子に上る必要もない）、持病の癲癇発作の寸前まで追い込まれたりというのは、一枚の絵画に対する反応としてはいささか異様だ。ドストエフスキーを捉えた驚きの内実を、もう少し正確に考えてみる必要がある。

ドストエフスキーによるホルバイン

それは実際にはどのような絵だったのか？

『白痴』でホルバインの絵の詳細な記述《エクフラシス》が与えられるのは、小説中で主人公の負の分身のような役割を果たす青年イッポリートの「弁明」においてである。肺病で余命二週間を宣告されて自殺を決意している彼は、ロゴージンの家で偶然眼にしたホルバインの模写から受けた衝撃を思い出しながら、次のように書いている。

その絵には十字架から降ろされたばかりのキリストが描かれていた。普通、画家たちがキリストを描くときには、十字架の上であれ十字架から降ろされたあとであれ、その顔に並々ならぬ美をとどめておこうとする傾向があるように思う。もっとも恐ろしい苦痛の瞬間でさえ、彼らはこの美を手離そうとしないのだ。ロゴージンの絵には美のかけらもない。それはまったくもって人間の屍体であり、十字架に架けられる前からはてしない苦痛に耐え、傷つけられ、拷問され、番兵にも民衆にも殴られ、十字架を背負って倒れ、あげくの果てに、十字架の上で六時間も苦しまなければならなかった（少なくともぼくの計算ではそうなる）人間の屍体である。たしかに、それはたったいま十字架から降ろされた人間の顔だから、生きた温もりがまだかなり残っている。まだどこも硬直していないから、死者の顔には苦しみの表情が現われていて、まるでまだそれがつづいているかのようだ（画家はそれをとてもうまく捉えている）。そのかわり、顔には何の容赦もない。ここにあるのは自然だけだ。（第三部第六章）

ここではドストエフスキーがホルバインの絵に与えた独自の解釈が明らかになっている。キリストが「たったいま」十字架から降ろされたばかりだという強調は、この絵がすでに腐敗がはじまった亡骸を描いたものであり、したがって復活の日の近いことを示唆するものだという、今日の美術史家たちの一致した見解と矛盾する。[*4] ドストエフスキーはさらに、この絵を前にして戦慄する生前のキリストという虚構の場面さえ、イッポリートに想像させている。「もしも先生ご自身が、処刑前夜に自分のこんな姿をご覧になることができたなら、はたして彼はあんなふうに十字架に上り、あんなふうに死ぬことができただろうか？」ドストエフスキーが強調しようとしているのは、間近に迫った復活の約束ではなく、いまはじまったばかりの解体の過程であり、自然という「暗く、粗野で、永遠に無意味な力」を前におののいている私たちの不安なのである。

それだけだろうか？《墓の中の死せるキリスト》が読者に最初に提示されるのは、「弁明」よりだいぶ前、主人公の宿命的なライバルでありながら、彼と奇妙な友情で結ばれてもいる商人の息子ロゴージンの家の広間である。亡き父親がオークションで安く手に入れた模写であった。この場面は、この絵の別の側面に光を当てているように思われる。

次の部屋につづくドアの上に一枚の絵が架かっていた。かなり奇妙な形をしていて、横幅は一八〇センチほどもあるのに、縦はどうみても三〇センチもない。そこにはたったいま十字架から降ろされたばかりの救世主が描かれていた。公爵はそれをちらっと見ると、何かを思い出そうとでもしているようだったが、立ちどまらずに、ドアを通り抜けようとした。ひどく気分が悪くて、一刻も早くこの家から出たかったのである。だがロゴージンが突然この絵の前で立ちどまった。（第二部第四章）

この直後に「こんな絵を見たら、人によっては信仰すら失ってしまうかもしれないのに！」とい

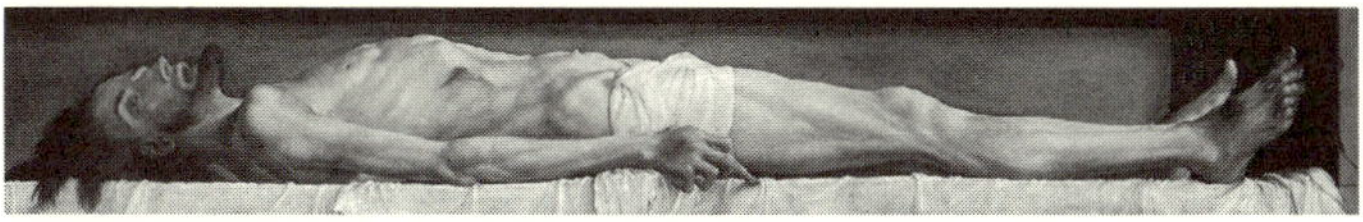

［図8］ハンス・ホルバイン（子）、《墓の中の死せるキリスト》、1521/22年*5

う有名な言葉がつづく。だが、ここで確認したいのは次の二点だ。第一に、絵が置かれた場所と絵の尋常でないフォーマットが問題になっていること。第二に、主人公のムイシキンがこの絵を見ることを望まなかったこと。彼は何かを思い出すことを避けようとしている。いい換えれば、彼はここでなにかを「抑圧」している。

実現しなかった構想

第一の問題から検討しよう。この奇妙な絵［図8］は、なぜ、なんのために描かれたのか？

《墓の中の死せるキリスト》が本来果たすべきであった機能については、美術史家たちの間で長い論争がある。この絵に関する最初の記録である一五八六年の『目録』の記述がすでに「H・ホルバインの死人の絵、板に油彩」となっていて、「ナザレ人の王イエスとの題名あり」という言葉は余白に書き足されていたことが知られている。つまり、最初はこれがイエスなのかどうかも怪しかったのであり、二〇世紀に入っても、チェンバレンという研究者は、この絵の本来の目的は屍体の習作であって、キリストの名を冠したのは絵を売るためのあと知恵にすぎなかったと主張しているほどである。*6 かといって宗教画のジャンルに当てはめるのも難しい。複数の板絵を組み合わせて構成される祭壇画——ホルバインにも多大な影響を与えたグリューネヴァルトの《イーゼンハイム祭壇画》（一五一二―一六年）が有名だ――の下部に取り付けられる細長い板絵（プレデッラと呼ばれる）ではないか――とりわけ、散逸したホルバインの《オーバーリート祭壇画》の一部ではないか――という説が長い間支持されてきたようだが、これも今日では否定されている。[*7] だが、画家の習作でも、祭壇画の一部でもないとすれば、この絵はいったいどこに置かれ、どのように見られるべきものだったのか？

　これまでの研究成果をまとめたバーゼル美術館の最新のカタログによれば、《墓の中の死せるキリスト》の成立事情はおおむね以下のようなものであったらしい。ホルバインにこの絵を依頼したのは、バーゼルの若き法律家ボニファツィウス・アメルバッハ。その最初の計画では、この絵はバーゼルのカルトゥジア会修道院にあったアメルバッハ家の礼拝堂に設置され、ボニファツィウスの両親と、一五一九年に亡くなった弟ブルーノのために作られた墓碑銘パネルと組みあわされることになっていた。絵の横幅は、現存するパネルの横幅とほぼ一致するのである。墓碑銘の作成は一五二〇年だが、ボニファツィウスのアヴィニヨン留学のために計画は遅れた。学位を取得した彼が故郷に戻ってきたとき、バーゼルは宗教改革の前夜であり、宗教画に対して批判的な意見が高まりつつあった（バーゼルで実際に大規模な聖像破壊《イコノクラスム》が起こるのは一五二九年二月のこと）。空気の変化を察知したボニファツィウスは、墓碑と絵を組みあわせる計画を放棄する。一五四四年に碑文と家族の紋章だけが刻まれた墓碑が設置され、《墓の中の死せるキリスト》はボニファツィウスから息子のバジリウスの手に渡って、彼の収蔵室（Kunstkabinet）に収められる。一六六一年、アメルバッハ家収蔵室の蒐集品はバーゼル大学とバーゼル市の共同出資によって買い取られ、公共の美術館としてはヨーロッパでも最古といわれるバーゼル美術館の母体となった。一般公開の開始は一六七一年である。[*8]

ここから第一に確認できることは、美術館の椅子の上に立ってキリストの屍体を至近距離から眺めようとしたドストエフスキーの振舞いの正当性である。墓碑銘の上の絵は、下の縁がちょうど立った人の眼の高さにくるように設置される予定になっており[*9]、ドストエフスキー夫妻が訪問した当時のバーゼル美術館の展示方法やそれにならったロゴージン家での配置とは違って、下から見上げることを意図していたのではなかった。何人かの美術史家がいっているように、それは「クロースアップ[*10]」での凝視を強いるものだったのである。第二に、ロゴージンの家を「墓のようだ」と形容したムイシキンの直感の正しさ。《墓の中の死せるキリスト》は、文字通り「墓」の内部に設置されるべきものであったのである。だがいっそう重要なのは、この絵が本来の場所に置かれ、本来の目的に奉仕したことは一度もなかったという事実だ。ベンヤミンの有名な対概念を用いていえば、この絵は自らの「礼拝価値」を一度も実現しないうちに、美術館における「展示価値」を獲得してしまう。ストイキツァによれば、ドストエフスキーをなによりも驚かせたのは「十字架降下を主題とする絵画が美術館にあるという事実[*11]」だったのである。

見るべきではなかったもの

ムイシキンはなぜこの絵を見ることを望まなかったのかという第二の問題は、この絵においてキリストの身体を照らしている光から考えてみることができるだろう。墓のなかに漏れてくる光がどこから差し込んでくるのか——足元の小さな隙間からなのか、それとも上方からなのか——については研究者たちの意見が割れているようだが、いずれにせよ、絵の手前から差し込んでいるようには見えない。[*12] 考えてみれば不思議なのだ。当たり前すぎてあまり指摘されないようだが、「墓の内部が見えるように、鑑賞者に面している壁面は取り払われている」のだから。[*13] 演劇における「第四の壁」——舞台正面奥の壁、左右の壁と並んで、舞台と観客のあいだを隔て、観客の覗き見を可能にする、想像上の壁の設定——と似た事態がここでも起こっている。この絵の鑑賞者は、現実にはありえない位置から、キリストの屍体を覗き見することを余儀なくされている。いい換えれば、それは、見るべきものとして神から信者に与えられた光景ではないのである。

墓のなかに一人残され、虚構の第三者に覗き見されるキリスト——美術史家たちが指摘するこの絵の絶対的な孤独という印象は、おそらくここに起因する。酷たらしく傷つけられた身体のリアリスティックな描写がこの絵のユニークさをかたち作っているわけではない（その点に関してはグリューネヴァルトのほうがうわ手だろう）。しばしば指摘されるように、受難の証人たちの不在はたしかにこの絵の特徴だが、そういうだけではまだ足りない。見ることが不可能なはずの墓のなかに置かれているにもかかわらず、死せるキリストが不躾な窃視者の視線にさらされているということ——主が人に見せることを望まなかった姿をさらしているということ——これが重要なのである。見るべきではなかったものを見てしまったという思い——それが、ムイシキンをそこから足早に去らせようとするのだ。

顔の場所

ドストエフスキーのホルバイン体験から私たちが引き出すことができるのは、顔の場所という問題であり、顔に向かいあう身体の変容という問題である。バーゼルの美術館のホルバインは本来の場所から引き離されており、墓をあばかれたキリストは、その顔を、あってはならなかったはずの視線にさらしている。遠いロシアからやってきたドストエフスキーの身体はそこで激しく動揺し、椅子を引き寄せてそこに上るといった、平素の彼からは想像もできないような暴挙に及ぶ。序章で提示した方法論的指針「この顔を在らしめているのはどのようなまなざしなのか」を思い出そう。顔そのものではなく、その顔を在らしめているコンテクストを――そして、それを見つめている身体を――問題にしなければならない。ドストエフスキーにとって、美術館とはどのような顔の場所であったのか。そのことを見るために、日付は少しさかのぼるが、ドストエフスキーが美術館の椅子に上ってアンナ夫人を辟易させたもう一枚の絵、ドレスデンのラファエッロを検討してみよう。

『白痴』の構想にも少なからぬ影響を与えたとされる《システィーナの聖母》(一五一二/一三年、ドレスデン国立絵画館)についても、アンナ夫人の日記はきわめて興味深いエピソードを伝えている。[*14]

2 聖母の旅

椅子事件

夫にとっては二度目となるドレスデン滞在もすでに二か月近くなった一八六七年六月二七日（露暦一五日）の早朝、前日にかつての愛人との文通をめぐって感情的なやり取りがあった彼が、持病の癲癇の発作に見舞われる。幸い大事にはいたらなかったが、ぐったり疲れて遅く起きた夫は不機嫌で、すでに何度も訪れていたお気に入りの絵画館に出かけてもいっこうに気が晴れない。すると、ドストエフスキーは突拍子もないことをいい出す。アンナ夫人は日記にこう書き記している。

フェージャは眼があまりよくないのに柄付眼鏡《ロルネット》がないから、どうしても聖母がよく見えない。そこで彼は今日、近くから見えるように、聖母の前の椅子の上に立ってみようと思いついたのだ。普段の彼だったら、間違いなく騒ぎ《スキャンダル》になるこんな振舞いはけっして思いつかなかったはずだが、今日はやってしまった。下男のような男が近づいてきて、それは禁止されていますと言った。下男が部屋を出るとすぐ、フェージャは私に、たとえ追い出されても絶対にもう一度椅子に上って聖母を見てやる、いやなら別の部屋に出ていていいよと言ったので、私はそうした。数分後にフェージャがやってきて、やっぱり上った。見たよ、と言った。*15

このエピソードに私たちの注意を向けてくれた冨岡道子にならって、これをドストエフスキーの「椅子事件」と呼ぶことにしよう。[*16] 八月のバーゼルにおける第二の椅子事件に先立つ、ドレスデンでの第一の椅子事件である。なぜ彼はそんなことをしたのか、心理学的な詮索はあとまわしにしよう。問題はラファエッロの絵に対する作家の反応であり、聖母子の顔に関する彼の特異な評価である。ドレスデンに到着早々、絵画館を訪れたときの印象をアンナ夫人はこう書き残していた（一八六七年五月一日（露暦四月一九日））。「フェージャは私をシスティーナの聖母のところに連れて行った。［…］フェージャはその微笑みのうちに悲しみを見出している［…］神の母の腕に抱かれている幼子《おさなご》は好きになれなかった。あれは子どもの顔じゃないと言ったフェージャは正しい」。[*17]

ラファエッロの聖母子の表情の意味についてあれこれ考える前に、私たちの注意を、見えている絵から見ている身体に、顔から顔のコンテクストに向けてみよう。ドレスデンのラファエッロに陶酔するロシア人というのは、考えてみればなかなか奇妙な事態なのである。なぜ、ロシアの一夫婦が、遠いドレスデンの絵画館で、あたかもそうすることが当然ででもあるかのようにほかの絵を素通りして、ラファエッロのマドンナのもとに駆け参じることができたのか。ルターの宗教改革の震源地であるザクセンにカトリックの美術作品があって、正教のロシア人がそれに関心をもったりすることができたのは、なぜなのか。

ドレスデンのラファエッロ

ドレスデンのラファエッロに陶酔するロシア人という奇妙な事態を理解するためには、ルターの宗教改革に呼応してヨーロッパ各地で巻き起こった聖像破壊運動《イコノクラスム》にさかのぼる必要がある。教会から悪しき偶像を一掃しようとした八－九世紀のビザンティン帝国の闘士たちの熱狂が、近代に再びよみがえったのである。時は一六世紀、王や貴族による珍品蒐集――人工物の部屋（クンストカマー）とか驚異の部屋（ヴンダーカマー）、あるいは単に小部屋（キャビネット）と呼ばれる空間の形成――が流行した時代であった（ドレスデン国立絵画館の前身となったドレスデン・クンストカマーの設立は一五六〇年のこと）[*18]。その結果、美術史家ハンス・ベルティンクの巧みな表現を借りていえば、ルターの時代の西欧は二つの際だったイメージ――あるいは、二種類の壁――の併存によって特徴づけられることになった。すなわち、（一）宗教改革とイコノクラスムの嵐を経た教会のなにもない壁（empty wall）であり、（二）おびただしい蒐集物で埋め尽くされた王侯貴族の陳列室の壁（crowded wall）である[*19]。前者については美術史の元木幸一が紹介しているエピソードが興味深い。イコノクラスムが終息したばかりの一五二四年、チューリヒの教会グロースミュンスターに入り、そのあまりの変わりように戦慄した一人のカトリック信徒に対して、チューリヒ宗教改革の指導者であったツヴィングリはこう答えたという。「チューリヒにはすっきりと明るく輝く教会がいくつもある。その壁は、美しく、白い[*20]」。

「ミュージアム」の直接の起源となった王侯貴族のキャビネットのみならず、宗教改革にともなうイコノクラスムが現出させた「白い壁」もまた、ニューヨーク近代美術館をはじめとする近代美術館、いわゆる「白い立方体《ホワイト・キューブ》」の起源だったのである。イコノクラスムは、かつて礼拝の対象としてあったイメージが宗教の桎梏から解き放たれ、世俗化された新たな崇拝の対象として、大文字の《芸術《アート》》に生まれ変わる必須の条件だったのだ。

ラファエッロの聖母は《芸術》の時代の代表的なイコンになる。それが最初の敷居を越えたのは一八世紀半ばのことだ。[*21] 一七五四年、ザクセン選帝侯アウグスト二世（ポーランド王アウグスト三世）は、イタリア、ピアチェンツァの聖シクトゥス教会から聖母像を買い取り、ルターの街ウィッテンベルクからも遠からぬエルベ河沿いの街ドレスデンに移して、そのコレクションに加える。冬のアルプスを越える六週間の旅をへて到着した《システィーナの聖母》を出迎えたアウグスト二世は、自ら王座を脇に寄せ、「偉大なラファエッロに席を空けよ」と叫んだという。北イタリアではさほどの注目も集めることのなかったこの絵は、プロテスタントのドレスデンに移り、ヴィンケルマンやシュレーゲル兄弟といった人たちの熱狂的な賛辞を受けることで、全ヨーロッパに名を轟かせる「名画」となる。ベルティンクは、ラファエッロの絵画がドイツのプロテスタントたちに引き起こした混乱について、シュレーゲル兄弟らのイエナ・サークルでは「彼らはカトリック教徒になってしまう危険にさらされている」という冗談まで口にされていたことを紹介している。のちにフリードリヒ・シュレーゲル自身が実際にカトリックに改宗してしまったのはご愛敬だが、[*22] ドストエフスキーの「こんな絵を見たら、人によっては信仰すら失ってしまうかもしれない！」との類似が興味深い。

聖地巡礼

この熱狂に続いたのがロシア人たちだった。一七九二年、カラムジンがはじめてロシアの読者公衆に《システィーナの聖母》を紹介して以来、一九世紀を通じてドレスデンの絵画館は、ヨーロッパを旅行するロシア人たちに必須の「巡礼」地となる。[*23] 作家のジュコフスキー、バラトゥインスキー、ゴーゴリ、ベリンスキー、フェート、レフ・トルストイ、ドストエフスキー、ゴンチャロフ、ゲルツェン、画家のブリュローフ、レーピン、クラムスコイなど、そうそうたる顔ぶれだが、ここで注目したいのは、ロシア人旅行者のドレスデン詣での一貫性よりは、むしろその内部に刻み込まれた差異である。手はじめに、ロマン主義の詩人ジュコフスキー(一七八三—一八五二)の一八二四年の評論「ラファエッロのマドンナ」を見てみよう。のちの批評家ベリンスキーに「われわれのうちでこの評論を暗記していない者があるだろうか」とまでいわしめた名高いテクストである。[*24]

ジュコフスキーによる聖地巡礼の報告は、絵を静かに鑑賞することの困難からはじまる。あるときは絵の前で模写をしている画家が邪魔で近づくことができず、あるときは案内人の声がうるさい。またあるときは知り合いの女性がつかつかと歩み寄ってきて、「うちの娘はラファエッロの天使に似てるんですよ」などといい出す。業を煮やしたジュコフスキーは、ある日、人混みを避けるために早起きして開館早々に絵画館に入り、ラファエッロの聖母の前のソファーに腰を下ろして、まる一時間、誰からも邪魔されずにこの作品を眺めることについに成功する。はじめのうちは絵のぞんざいな扱いが気になるが（この絵がノイマルクトの旧館からゴットフリート・ゼンパーの設計によるツヴィンガー宮殿内の新館に移されたのは一八五五年、さらにそこで特別にしつらえた台座に展示されるようになったのは一八五六年のこと）*25、この苛立ちは、つづく陶酔を演出するためにレトリックにすぎない。ついに詩人は叫ぶ。「これは絵ではない。幻視だ」*26。以下、原文で三頁にもわたる長大な記述《エクフラシス》から一部を抜き出して訳出してみよう。

実際、この絵は奇蹟の瞬間に生まれたのだという気がする。カーテンが開かれ、天の秘密が人間の眼に明かされたのだ。すべては天上で起こっている。空っぽで、まるで霧がかかっているようだが、これは空虚でも霧でもなく、静謐で反自然的な光といったものなのであり、そこを満たしている天使たちの存在は、見られるというよりはむしろ感じられる。［…］天を歩む神の母の身体の動きはまったく認められないが、見れば見るほど、彼女がこちらに近づいてくるように感じられる。その顔はなにも表していない。つまり、そこには特定の名前をもった了解しうる表情はない。そのかわり、そこにはすべてが秘やかに結合している――安らぎと純潔と偉大さが。［…］聖バルバラは魅力的で美しい。彼女が証人となっている出来事の大きさが、彼女の姿にも驚くべき大きさを与えている。だが彼女の顔の美しさは人間的なものだ。まさしく、そこにはすでに了解しうる表情があるからである。［…］この絵のなかで地上を思い出させるものはたった一つ、この世の縁《へり》に捨て置かれたシクストゥスの三重冠だけだ。*27

これらの行を日本語に訳しながら驚かされるのは、ジュコフスキーの観察の意外なほどの細やかさだ。ロマン主義の詩人にふさわしく、超越的なヴィジョンに魅了されながらも、ジュコフスキーは、多くの者が気にもとめない緑色のカーテンや、画面左下の教皇の冠といった細部をきっちり押さえ、聖母の「了解しえない」表情と、聖バルバラの「了解しうる」表情を構造的に対比してみせる。この絵のロシアにおける受容の歴史を追ったダニーロワが適切に指摘しているように、「ジュコフスキーは、なによりも、絵を見ている」*28のである。一般に「リアリズム」の批評家であり作家であるとされるベリンスキーやドストエフスキーの記述では、逆に、こうした要素は完全に欠如している。やや先走っていえば、ここで絵画は「見られるもの」であることをほとんどやめかけているのであり、「もはや絵の全体ではなく、個々の人物像だけが、より正確にいえば、聖母と幼子《おさなご》の顔だけが問題になる」*29。いい換えれば、ある種の「見ること」の放棄が、「顔」という主題が浮上する条件となっているのだ。だが、ここで「見ること」とは、いったいどういうことか。

美術館の身体

一八六七年のアンナ夫人の日記は、何度目かの絵画館訪問の際に見かけた外国人の奇妙な振舞いを記録している（五月六日（露暦四月二四日））。「そういえば、ラファエッロの聖母のところにいた外国人は、多分ギリシア人かアルメニア人かフランス人だと思うが、どうやら聖母に感激していたようで、いきなり飛び上がって絵のそばに駆け寄ってみたり、腕組みをしてみたり、うなだれたり、重いため息をついたりしていた。最後に立ちあがり、もう一度近づいて見てから、急いで部屋から出ていった」[*30]。落ち着きのない挙動が気になったのだろう。だが、美術館での奇矯な振舞いで、この若い美術愛好家をはるかに慌てさせていたのは、すでに述べたように、夫フョードル・ミハイロヴィチその人だった。その突拍子もない行動をもう一度引用しておこう。「フェージャは私に、たとえ追い出されても絶対にもう一度椅子に上って聖母を見てやる、いやなら別の部屋に出ていていいよと言ったので、私はそうした。数分後にフェージャがやってきて、やっぱり上った。見たよ、と言った」。椅子に立って絵を見るというこの振舞いが意味することはなんなのか。

絵からほどよい距離を保ったジュコフスキーの身体は、椅子に腰かけて安らいでいる。画面の全体を見わたすためには、ぜひそうでなければならない。彼にとって「見る」とはそういうことであり、ダニーロワがいっていたように「ジュコフスキーは、なによりもまず、絵を見ている」。

一八六七年五月六日にアンナ夫人を居心地悪くさせた落ち着きのない外国人は、聖像の前で跪いて一心に祈る信者のパロディーだ。聖像を前にした信者にとって「見る」ことは重要ではない。少なくとも、第一義的に重要なのはそれではない。重要なのはそこに神の顕現《プレゼンス》を感じ取ることであって、そのためには眼を閉じたってかまわない。

椅子の上に立って見ることは、このいずれとも異なる。それは、なにかをじろじろ見るためにほかの部分を見ないようにすることであり、なにかのために全体の調和をあえて無視することだ。その「なにか」こそ顔にほかならない。ただでさえ発作の後遺症と美術館の暑さに苦しめられていたドストエフスキーは、聖母の表情が離れたところからではよく見えないことに苛立ち、ついに椅子の上に立ち上がって、絵にありえないほど近づいてしまう。神の母とその御子に対して、ほとんど瀆神の振舞いではないか。先のダニーロワは、ドストエフスキー自身の言葉を引きながら、こうした事態を巧みに表現している。

古典芸術のうちに「調和と安らぎ」を、「無条件」で「利害なき」純粋な美の実現を見たいという情熱的な願望にもかかわらず、ドストエフスキーは、この安らいだ調和を壊してしまいたい、「聖母の微笑みのうちに悲しみを見」たいという苦しいほどの要求を抑えることができない。[…]システィーナの聖母、この「女王のなかの女王、人類の理想」の顔を、『罪と罰』のドストエフスキーが「悲しめる聖痴愚の顔」にたとえているのも、ゆえなきことではない。[*31]

『罪と罰』(一八六六年)のドストエフスキーは、一六歳の少女と結婚しようとしている五〇歳の田舎地主スヴィドリガイロフに、「システィーナの聖母の顔は幻想的で、悲しめる聖痴愚の顔でしょう、お気づきになりませんか？」といわせていた（第六部第四章）。この言葉の意義は、作者ドストエフスキーの個人的な宗教観によっても、一作中人物の淫蕩な本性によっても十分に明らかにすることができない。それは、果てしない転位を繰り返して幾重にも折り畳まれたメディア的経験のただなかからの〈顔〉の出現だからだ。一九世紀のロシア人作家の前にクロースアップで現れるために、ラファエッロの聖母は、長い長い脱文脈化の旅をしなければならなかったのである——アルプスを越えてカトリックのイタリアからプロテスタントのドイツへ、聖堂から陳列室へ、旧館から新館へ。自国のメディアで暗記するほど海外美術館の紹介記事を読んだロシアの作家は、国境を越えて聖地巡礼の旅をし、二級作品をすべて無視してラファエッロの聖母の前に駆けつける。だが、それでもまだ十分ではない。彼の身体は癲癇発作の寸前まで興奮し、椅子に上ってぎりぎりまで絵に近づかなければならない。そうしてはじめて、彼は「見たよ」ということができる。だがそのときはもう、ジュコフスキーとドストエフスキーのあいだで、「見る」という言葉の意味が違ってしまっている。ジュコフスキーに見えていたものが表象の調和であったとするならば、ドストエフスキーに見えていたものは表象の秩序を突き破る〈顔〉だ。顔は固有の場所をもたない。むしろ、固有の場所の喪失こそが、〈顔〉の出現の条件なのである。

複製技術時代の芸術作品

《システィーナの聖母》は、ドストエフスキーの生涯の終わりに、いま一度思いがけないかたちで

［図9］晩年のドストエフスキーの書斎
（現在はドストエフスキー博物館）。著者撮影。

姿を現す。ただし今度はドレスデンでもバーゼルでもなく、ペテルブルクのドストエフスキーのアパートであり、一枚の写真としてだ。ここでもアンナ夫人の回想を引こう。「あるときフョードル・ミハイロヴィチは、伯爵夫人〔＝詩人アレクセイ・トルストイの未亡人ソフィア〕とドレスデンの絵画館の話をしていて、自分はあらゆる絵画のなかでシスティーナの聖母をもっとも高く評価しているのだが、残念なことに、外国から聖母の大きくてよい写真を取り寄せることがどうしてもできず、かといって、ここで手に入れることもできないのですと付け加えた」。この会話から三週間ほど過ぎたある日の朝、アンナ夫人のもとに大きな荷物が届く。ドストエフスキーの願望を聞いた伯爵夫人が、ドレスデンの知り合いと連絡をとって《システィーナの聖母》の写真複製を手に入れ、共通の友人である若き哲学者ソロヴィヨフに届けさせたのである。聖母子の顔をほぼ実物大で切り取った部分図であった。アンナ夫人は写真を枠に入れ、一八七九年一〇月三〇日、作家の五八歳の誕生日の贈り物にする。生涯の最後の一年間、ドストエフスキーはしばしばこの複製を眺めて、物思いに耽っていたという。[*32]

一八六七年にドレスデンで椅子に上った作家は、一八七九年のペテルブルクで、ついにクローズアップの聖母を所有することができたのである〔図9〕。「事物を自分たちに〈より近づけること〉は、現代の大衆の熱烈な関心事である」と書いたのは、「複製技術時代の芸術作品」のベンヤミンだったが、[*33] 聖母の顔にいっそう近づく可能性を、晩年のドストエフスキーはラファエッロの写真複製によって手に入れたのだ。それにしても、ドストエフスキーが強い関心を寄せた絵画（ラファエッロの聖母、ホルバインの死せるキリスト）が、いずれも写真と深い関係をもっていたことはメディア史の観点から興味深い。バーゼル美術館のホルバインは、絵画の写真複製のパイオニアであるフランスのアドルフ・ブラウン（一八一二―一八七七）が最初に取り組んだものの一つであった。[*34] だが、なぜ顔だったのだろう？　先のベンヤミンによれば、複製技術時代の到来にともなって展示価値が礼拝価値を全戦線において押しのけはじめたとき、礼拝価値が最後の砦として逃げ込んだのが写真の顔であった。[*35] それから一八〇年もの歳月がたった今日、人間の顔はどこに逃げ込んだのだろう？

*1 Н. М. Карамзин, *Соч.*, т. 1, с. 166-167
*2 А. Г. Достоевская, *Дневник 1867 года*, с. 234
*3 А. Г. Достоевская, *Воспоминания*, с. 186
*4 ヘレン・ランドン、『ホルバイン』、四六ページ。John Rowlands, *Holbein*, p. 52
*5 https://upload.wikimedia.org/wikipedia/commons/b/b4/Hans_Holbein-_The_Body_of_the_Dead_Christ_in_the_Tomb.JPG
*6 Arthur B. Chamberlain, *Hans Holbein the Younger*, vol. 1, p. 102.
*7 Rowlands, Holbein, p. 53; *Hans Holbein the Younger: The*

Basel Years 1515-1532, pp. 257-259
＊8 *Kunstmuseum Basel*, pp. 5, 39
＊9 *Hans Holbein the Younger: The Basel Years 1515-1532*, p. 259
＊10 *Hans Holbein the Younger: The Basel Years 1515-1532*, p. 259; *Kunstmuseum Basel*, pp. 38-39
＊11 ヴィクトル・I・ストイキツァ、『絵画をいかに味わうか』、一七六ページ
＊12 *Hans Holbein the Younger: The Basel Years 1515-1532*, p. 257
＊13 Chamberlain, *Hans Holbein the Younger*, vol. 1, p. 101
＊14 ここで詳細に検討することはできないが、テクストには直接出てこない《システィーナの聖母》が『白痴』に決定的な影響を及ぼしているという興味深い議論については、冨岡道子、『緑色のカーテン』を参照のこと。
＊5 *Дневник 1867 года*, c. 103
＊16 『緑色のカーテン』、五二ページ
＊17 *Дневник 1867 года*, c. 10.
＊18 *The Splendor of Dresden*, p. 19
＊19 Hans Belting, *Likeness and Presence*, p. 458
＊20 元木幸一、「美しく、白い壁」、三五ページ
＊21 以下、《システィーナの聖母》の来歴と展示に関しては、Andreas Henning, "From Sacred to Profane Cult Image," pp. 171-188 の詳細な記述を参照。
＊22 *Likeness and Presence*, p. 480
＊23 James H. Billington, *The Icon and the Axe*, pp. 348-349; И. Данилова, "Русские писатели и художники XIX века о Дрезденской галлерее", c. 7-38
＊24 В. Г. Белинский, *Собр. соч.*, т. 8, c. 364
＊25 "From Sacred to Profane Cult Image," pp. 179-180
＊26 *Сочинения В. А. Жуковского*, c. 446
＊27 *Сочинения В. А. Жуковского*, c. 447-449
＊28 "Русские писатели", c. 15
＊29 "Русские писатели", c. 23
＊30 *Дневник 1867 года*, c. 14.
＊31 "Русские писатели", c. 29
＊32 *Воспоминания*, c. 377-378
＊33 ヴァルター・ベンヤミン、「複製技術時代の芸術作品」、五九二ページ
＊34 ジゼル・フロイント、『写真と社会』、一一八－一二〇ページ。ナオミ・ローゼンブラム、『写真の歴史』、二四〇－二四一ページ
＊35 「複製技術時代の芸術作品」、五九九ページ

第5章

顔が消える

究極のひとめぼれ小説としてはじまった『白痴』の物語から、
次第に顔が剝がれ落ちてゆく。
本章では、そんな小説後半の展開を読み解きながら、
「顔の消失」をぐっと現代の私たちに引き寄せてみたい。
私たちの顔は、なにも撤退だけでなく、
過剰になることによってもその姿を消していくのだ。
その一方で、近代の顔は、いやおうなく政治的闘争の場
——「測定する欲望」と「見る欲望」の闘争、「なんであれかまわない」顔と
「誰それでしかありえない」顔の闘争——に巻き込まれていく。

1　様々な顔たち

ここまでのまとめ

バーゼルとドレスデンに少し寄り道したが、『白痴』のパーヴロフスクとペテルブルクに戻る前に、ここまでの歩みを簡単に振り返っておこう。

『白痴』を読みはじめた私たちが第1章で試みたのは、「ゴーゴリからドストエフスキーへ」というリアリズム文学史の発展図式を「文字から顔へ」という観点から再検討してみることだった。ローザノフとバフチンに従って考えるなら、ゴーゴリからドストエフスキーへの移行は、文字から声への、仮面から顔への、外面の描写から内面の描写への変化として理解される。他人の文字を従順に模倣する小役人の痙攣的な身体が、不当な差別に自ら声をあげて抗議する人間の自意識に取って代わられたということだ。そこで「顔」は、他者による定義によってはけっして汲みつくされない内面性の隠喩となる。豊かさの証しとしての「顔」といってもよい。だが、処女作『貧しき人々』の読解においてバフチンが鮮やかに提示したこのテーゼは、二〇年後の『白痴』にはどうもうまく当てはまらないようにみえる。『白痴』の第一部でカリグラフィーの腕前を披露するムイシキンの言葉からは、まるでゴーゴリの小役人の世界に先祖返りしたような過剰な文字愛が感じられるからだ。とはいえ、「字がきれいな白痴」というこのキャラクター設定は、現れるとほとんど同時に忘れられてしまう。

第2章で検討したのは、小説の第一部でエパンチン家の女たちに「顔の専門家」と呼ばれたムィシキンの振舞いであり、『白痴』のなかに流れ込んでいる西洋近代観相学の伝統だ。そこで明らかになったのは、顔が社交の空間において果たしうる両義的な役割である。神秘思想家ラファーターにとって観相学は、神の似姿たる人間どうしの紐帯を約束するものだったが、世俗化した観相学は、よい召使と悪い召使を、真の貴族と成り上がり者を、敵と味方を峻別し、社会を分断する道具になる。客間の遊戯としての観相学も同様であって、一九世紀の観相学は、遊戯の規則とその荒々しい侵犯の両方を含意するものとして理解しなければならない。「顔」は、私たちをたがいに結びつけもすれば引き離しもするのである。

第3章では、バフチンやレヴィナスといった顔の思想家たちが正面から取り組むことを避けてきたようにみえる問題——写真という顔のメディアの意味を考えようとした。ドストエフスキーにとって写真は、なによりもまず回想することの困難としてある。それは精神分析でいうところの「外傷」的な経験であり、自らの生の文脈から脱落してしまう異物であって、その意味は事後的に見出されるほかない。すでに繰り返し引用した小林秀雄の指摘——「彼に必要だったものは、ナスタアシャの写真が彼に与えた一つの固定観念であり、ナスタアシャという女は、ムィシュキンにとって、最後まで、写真の印象を一歩も出ていないのだ」——はまことに正しい。ムイシキンは写真の第一印象に囚われており、繰り返しそこに立ち戻ってしまう。その写真が与える「苦しみ」は、それがはたして「同情」であったのか、「情欲」であったのか決定しがたいような情動だ。その「顔」は、だから第1章や第2章において私たちが議論した「顔」とはむしろ対照的に、意味であるよりはむしろ意味の理解を拒むもの、深さよりは浅さ、豊かさよりは貧しさの経験として現れる。同じ「顔」という言葉で呼ばれてはいても、それが指し示すものは異なっているのである。

ドストエフスキーの美術館めぐりを扱った第4章も単なるエピソード紹介ではない。それは「顔」を産出する近代の装置としての美術館に関わる考察であって、第3章の写真とともに「顔」のメディア論を構成するものだ。美術館は作品をその元の場所から引き離して脱文脈化し、再文脈化する。ラファエッロの聖母はピアチェンツァの聖シクトゥス教会にあるうちはさしたる注目を集めなかったというし、ホルバインのキリストが予定通りアメルバッハ家の礼拝堂に収められていたならば私たちがそれを眼にすることはなかったかもしれない。だが、美術館だけでは不十分だった。それがまさしく「顔」の衝撃になるためには、ドストエフスキーが禁を犯して美術館の椅子に上り、彼の眼の前に顔がクロースアップとして迫ってくる必要があったのである。椅子に上らないまでも、美術史家たちは、ホルバインの絵が正しく人の眼の高さに置かれたときにもつ「クロースアップ」の効果について語っていたし、ドレスデンの美術館で《システィーナの聖母》の前に立つ私たちは、ちょうど眼の高さにある例の天使の愛らしい表情に感嘆しつつも、はるか上にぼんやりとしか見えない聖母の顔に思い切り近づいてみたいという衝動を感じないではいられない。「顔はそれ自体がクロースアップであり、クロースアップはそれ自体で顔である」というドゥルーズの指摘を繰り返しておこう。顔というものがまずあり、それにカメラが接近して、顔のクロースアップが撮られるのではない。ある限界を超えて近づいたまなざしが、〈顔〉と呼ばれる特異な経験を、そこにはじめて成立させるのだ。

いずれにせよ、これまでの考察で明らかになったのは、『白痴』における顔の問題は一つではないということである。そこには分散した様々な顔の経験があり、様々な顔たちの出現と相互干渉があるのであって、そのうちのどれが深いとか浅いとかいうことはできない。とはいえ、『白痴』の顔は様々だといって話をまとめてしまうのでは、あまりに当たり障りがなさすぎるし、『白痴』の物語の展開にも忠実ではない。小説の後半以降、顔の出来事はむしろ次第にその多様性を失い、ある種の同語反復に近づいていくようにみえるからだ。観相学や美術史や映画理論の知識が使えないものになってくるように感じられ、〈顔〉について語る困難はそれだけ大きくなる。私たちの文体も次第に変わってこざるをえない。しかし、ともかく、ページを繰ってみるとどうなるか。

2　顔の消失

撤退の身振り

次第に混迷を深めてゆく『白痴』後半の物語と並行して私たちが直面するのは、顔の消失とでもいうべき出来事である。究極のひとめぼれ小説としてはじまった『白痴』の物語から、次第に「顔」が剝がれ落ちてゆく——そんな印象を受けるのだ。

一見すると、事態は逆であるようにもみえる。物語が進むにつれて、ムイシキンをめぐる二人のヒロインのあいだの緊張は次第に高まり、ついには息詰まるような直接対決にいたる。それはまさしく「面子《めんつ》の張りあい」であって、お互い「顔に泥を塗る」ような非難合戦のすえにナスターシャ・フィリッポヴナが勝利し、自らの「体面」を保つ。「面目」とか「名誉」といった意味での「顔」のドラマだ。だが、それは事態の一面にすぎない。テクストを注意深く読めば、登場人物たちが次第に自らの「顔」を失っていく過程が見えてくる。第3章で触れたパーヴロフスクの音楽会、ナスターシャ・フィリッポヴナが登場する直前の場面から始めよう。エパンチン家の女たちとの和解が成立して幸福の絶頂にいるはずのムイシキンだが、ふと忘我の境に陥り、隣に座っているアグラーヤの存在すら忘れてしまう。彼は、スイスでの療養期間の初め、病が重く、まだほとんど完全な白痴状態にあったころに繰り返し訪れた山中の光景を思い出すのである。小林秀雄が、「物語の劇的な進行」がしばしばぶつかって突然静止してしまう「断層の様なもの」と呼んだ「瀧と城」の回想だ[*1]。

どうかすると彼は、どこかへ行ってしまいたい、ここからすっかり姿を消して、ひと気のない憂鬱な場所でもいいから一人になり、自分の思いだけを抱えて、誰にも居場所を知られたくないという気持ちに駆られるのだった。［…］あの山々も脳裏にちらついた。とりわけ山中のあの懐かしい場所――それを思い出すのはいつでも楽しいことだったし、まだ向こうに住んでいた頃、好んで出かけていっては、そこから眼下の村や、下の方にかすかにきらめいている滝の白糸、白い雲、打ち捨てられた古城を眺めたものだった。ああ、いまあの場所に行って、一つのことだけを考えることができたらどんなによかったろう！――そう、一生のあいだ、そのことだけを考えていられたら――千年だってそのままでいい！（第三部第二章）

急展開する出来事から身を引き剝がして永遠の問題に向き直ろうとする、この身振り――興味深いのは、立ちどまって別の場所を指し示そうとするこの身振りが、「顔からの撤退」とでも呼ぶべきもう一つの身振りをともなっていることだ。過去の回想に心奪われたムイシキンの奇妙な様子を、語り手は引きつづきこう伝えている。「ときおり彼は突然アグラーヤの顔をじっと見つめはじめ、そのまま五分も眼を離さなかったが、そのまなざしはいかにも奇妙だった。まるで二キロも離れたところにある事物を見ているか、彼女自身ではなく、その肖像を見ているようなのだ」。

「彼女自身ではなく、その肖像を見ているようなのだ」――先に触れた「肖像《ポートレイト》」が、ここでは異なる役割を果たしていることに注目したい。ナスターシャ・フィリッポヴナの肖像写真は、それを眼にしたムイシキンに衝撃を与え、その外傷的な経験への固着を引き起こしていた。彼は一枚の写真の呪縛から逃れられない。それに対し、アグラーヤの架空の肖像は、眼の前にある顔を遠ざけ、その彼方にある別の場所を指し示すために使われている。それに気づいたアグラーヤの言葉は辛辣だ。「公爵、どうしてそんなふうに私のことを見つめていらっしゃるの？［…］なんだか怖いわ。だってあなたは、いまにも手を伸ばして、私の顔に指で触って、あれこれ探ってみそうなんですもの」。

「顔に指で触って、あれこれ探ってみそうなんですもの」――ここで「触れる」とは、なにかそこにあるものを確認したり、所有しようとすることではない。その逆である。ムイシキンは、ないがそこにはないことを確認するために、顔に触れようとしている。あるいは、顔に触れ、かつ、顔から離れようとしている。ここでムイシキンは、問題は顔ではないといおうとしているようにみえるのだ。心ここにあらずといった彼の様子は、傍らのアグラーヤを苛立たせ、思わず「白痴《ばか》！」と叫ばせてしまう（これは彼女が作品中で「白痴《イジオット》」という語を発する唯一の場面である）。

混じりあう顔

『白痴』後半における顔の消失は、顔からの撤退によって、「瀧と城」の回想への引きこもりによってのみ起こるのではない。逆に、顔の過剰によって、あまりにも強烈な顔の情動化によっても起こる。第三部、イッポリートによる「弁明」の朗読と自殺未遂騒動のあと、眠れぬまま早朝の公園をさまよっていた公爵は、ついに疲れはてて緑色のベンチに腰を下ろす。「ふさいだ気分は晴れず、どこかに行ってしまいたかった」。彼はそこで夢をみる。

彼はベンチの上でまどろんだが、不安は夢のなかでも続いていた。［…］とても多くの夢をみたが、どれもこれも不安なもので、そのために彼はひっきりなしに身震いするのだった。とうとう一人の女性がやってきた。彼は彼女を苦しいほど知っていた。だからいつでも名前を呼んで、それが誰かを示すことができたはずなのに――奇妙だ――顔がいつもとはまるで違うような気がして、彼はどうしてもそれがあの女性だとは認めたくなかった。その顔にはあまりにも大きな悔恨と恐怖があらわれていたので、まるでおそろしい罪人が、たったいま、ひどい犯罪をおかしたばかりといったふうにみえた。涙が蒼白い頬の上で震えていた。彼女は彼を手招きすると、唇に指をあて、静かについてくるようにといっているようにみえた。心臓がとまりそうになった。彼はどうしても、どうしても彼女が犯罪者だとは認めたくなかったが、いますぐにも、なにかおそろしいことが起こって、自分の一生を決めてしまうのだとも感じていた。公園のすぐ近くに、なにか見せたいものがあるようだった。立ち上がって彼女のあとについていこうとしたところ、突然、すぐそばで、誰かの明るく澄んだ笑い声が響いた。誰かの手が自分の手に重ねられたのに突然気づいた彼は、その手をとって強く握りしめ、そして夢から醒めた。眼の前にアグラーヤが立って、大きな声で笑っていた。（第三部第七章）

そもそも彼が座っているのがアグラーヤが逢引きの場所に指定した緑色のベンチである以上、この夢がアグラーヤに宛てられたものであることは明らかだ。「とうとうやってきた女性」とはアグラーヤのことでなければならない（むしろ、現にアグラーヤがやってきた気配が、この夢のきっかけとなる夢刺激だったと考えるべきだろう）。だが、彼女はほとんど現れるよりも先に別の人物に変化してしまう。アグラーヤの顔は消え失せて、アグラーヤと「ほとんど同じくらい美しい」いま一つの顔――彼が「苦しいほど《ストラダーニエ》」知っている「苦しみ《ストラダーニエ》」の顔、ナスターシャ・フィリッポヴナの顔――と混ざりあってしまう。フロイトのいう夢の「圧縮」の結果だろうか？『夢判断』の読者であれば、フロイトが自分自身の夢を分析した「黄色いひげの伯父さん」を思い出すかもしれない。友人Rは私の伯父である。友人Rの顔つきがいつもとはすこし違っているように見える。すこし長くなったようで、黄色いひげが目立つ……。二人の人物の顔の特徴が統合され、あるいは打ち消しあい、あるいは強調されて作りあげる「総合人物」。その顔の奇妙な印象を、フロイトは、フランシス・ゴルトン（一八二二―一九一一）が犯罪者や肺病患者たちの顔の多重露光によって作り上げた合成写真になぞらえていたのだった。*2

だがまた、小林秀雄の読者であれば、この一節から、『罪と罰』の一場面に関する小林の注釈を思い出すかもしれない。ラスコーリニコフがソーニャに自らの犯行を告白する、あのあまりにも有名な場面だ。

「よく見てごらん」。

だがこう言うやいなや、再び、ある以前からなじみのある感覚が、突然、彼の心を凍らせた。彼女の顔を見ていた彼は、突然、そこにリザヴェータの顔を認めたような気がしたのだ。彼は、自分が斧を持って近づいていったときのリザヴェータの顔の表情をしっかりと記憶にとどめていた。彼女は片手を前に突き出し、壁の方に後ずさりしながら、まったく子どものような驚愕を顔に浮かべていた。突然何かにおびえ、怖いものをじっと不安げに見つめながら、小さな手を前に差し伸べて、いまにも泣き出しそうになっている、小さな子どもとそっくりの顔。それとほとんど同じことが、いまソーニャにも起こった。やはり力なく、同じ驚愕にとらえられて、彼女はしばらく彼を見つめていたが、突然、左手を前に突き出し、指で彼の胸をほんの軽く突いて、ゆっくりと寝台から立ち上がると、次第次第に彼から後ずさりし、彼に向けられたまなざしはますます動かなくなっていった。突然、彼女の恐怖が彼にも伝わった。まったく同じ驚愕が彼の顔にもあらわれて、まったく同じように彼は彼女を見つめはじめた。ほとんど同じ子どものような微笑さえ浮かんでいた。

「分かったね？」彼はとうとうささやいた。（『罪と罰』第五部第四章）

ふいに犯行現場に現れ、思いがけず殺してしまった老婆の妹リザヴェータの顔を、彼はリザヴェータの友だちだったソーニャの顔のうちに見出すのである。これに関する小林の注釈は、彼のドストエフスキー論のなかでも白眉といえるだろう。

リザヴェエタの幽霊が出たのである。（注意しておきたいが、ラスコオリニコフがリザヴェエタの事を本当に思い出すのはこのときがはじめてであり、またこの時かぎりである。）彼は彼女の恐怖を、まざまざと感ずる。ところで、つゞいて第二の意味が生ずる様に見える。リザヴェエタの恐怖は、実はソオニャから貰ったものであり、ソオニャの恐怖は、彼自ら与えたものである。どうしても人と心を分ち得ないと考えている人間が、思いも掛けぬ形で人と心を分ち合う有様が見られる。［…］彼は間違った。己れの空しさのなかには、リザヴェエタの幽霊が立っていた。恐怖がラスコオリニコフとソオニャを一人にする。真実不思議な事ではあるのだが、恐怖が愛でないと誰に言い得ようか。（「『罪と罰』についてⅡ」*3）

現実の社会状態のなかで絶対的に孤立している二人の人物——高利貸の老婆のみならずなんの罪もない妹も偶然に殺してしまい、「いっさいの人間といっさいのものから自分の存在を鋏で切り離してしまった」（第二部第二章）と感じている殺人犯と、狂信的に神を信じながらも、先の見えない絶望のなかで自らの身体を売りつづけるほかない売春婦——この、互いに愛しあっていながら相互理解の可能性は残酷に拒まれているようにみえる二人を、顔-幽霊が不意に通じあわせるのだ。ラスコーリニコフがソーニャに恐怖を与え、ソーニャがリザヴェータの顔を呼び覚まして、ラスコーリニコフに与えかえす。二人は互いの身振りを模倣しあい、ほとんど同じ子どものような微笑を浮かべながら、恐怖の一場面を演じ直すのである。顔が可能にするこのコミュニケーションは、しかし、客間で演じられる観相学のゲームとはまったく別のものだ。恐怖にかられた二人は互いに口もきけず、その顔はすでに各々の特徴《キャラクター》を失って、誰のものとも知れない子どものような微笑を共有する。私の顔は私には見えず、他者という鏡を必要とするという〈顔の原理〉にもとづくコミュニケーションとはまったく別のコミュニケーションが、ここでは成立している。

小林は、『罪と罰』のラスコーリニコフを襲った孤独の集約的な表現を、ネヴァ河の壮麗なパノラマから吹きつけてくる「口もなければ耳もないような、一種の鬼気」というイメージのうちに見出している。「「白痴」についてII」でのいいかたに従えば、スイスの山中でムイシキンを襲った「聾の様な唖の様な」苦しみだ。*4 もう一度、「瀧と城」の回想に戻ろう。今度は、アグラーヤとナスターシャ・フィリッポヴナの顔が混じりあう、先の夢の直前の場面である。

模倣しあう男たち

疲れ果てて緑色のベンチに腰かけ、梢から飛び立つ小鳥を眼で追っていたムイシキンは、ふと「弁明」のイッポリートの言葉を思い出す。「熱い日の光を浴びた蠅でさえ自分の居場所を知っており、全世界の合唱に参加しているのに、ぼくだけは一人ぼっちの死産児なのだ」。久しく忘れていた思い出がよみがえってくる。――スイスでの療養時代の初期、病が重く、まだほとんど完全な白痴状態であった彼は、ある晴れた日、ひとり山中に入っていき、無窮の青空に両腕を差し伸べて泣いていたのだった。

この宴はいったい何なのだろう？　ほんの子どものころからいつも惹きつけられてきたのに、どうしてもそれに加わることができない、終わりを知らぬこの日々の大いなる祝祭は？　毎朝同じ明るい日が昇り、滝には虹がかかり、雪をかぶった当地の最高峰が、遠く夕べの空の端で深紅の炎に燃える。「熱い日の光を浴びて、まわりでぶんぶんいっている小さな蠅」は、みな「これらすべてのものたちの合唱に参加しており、自分の居場所を知っていて、それを愛し、幸福だ」。生え伸びる一本の草でさえ幸福なのだ！　すべてのものに自分の道があり、自分の道を知っていて、歌とともに去り、歌とともにやってくる。ただ自分だけが何も知らず、人も、響きも、何も理解できず、すべてに対して余所者の死産児なのだ。ああ、当時はもちろん、彼はこんな言葉で自分の問いを言いあらわすことはできなかった。彼は耳も聞こえず、口もきけずに苦しんでいたのである。しかしいま、彼は自分が、あのときすでに、こうしたことをすべて同じ言葉で語っており、あの「蠅」の話も自分のもので、あのころの自分の言葉と涙から、イッポリートが引用したものであるような気がしたのだ。彼はそれを確信していたが、そう考えるとなぜか動悸が激しくなった……（第三部第七章）

この一節からは二つのことが指摘できる。

第一に「何も知らず、何も理解できない余所者」というムイシキンの自己規定と、「白痴」の語の原義との近さ。「イジオット」の解釈についてはいろいろなことがいわれており、その口語的・民衆的な用法（単に「ばか」というくらいの意味）が強調されることもあるが、[5]基本的には外来語であり、ロシア語のなかでは異質な響きを保っていたことを忘れてはならない。一種の最新西洋思想辞典として若きドストエフスキーが愛読した『ポケット外来語辞典』（一八四五年）では、この語はギリシア語の原義にさかのぼって説明されている。「ギリシア語では、政治的ないざこざを厭い、政府に干渉しない人物。のちに、お人よしだが無教養で、自分の母語しか知らない人物という意味に解されるようになった。今日では、頭が弱くて鈍いが、怒りの発作に駆られることのない、おとなしい人物――ロシア語の「ばか《ドゥラーク》」とか「あほう《ドゥーレニ》」――を意味する」[6]。知能の低下のほかに、公的生活（政治）に対する態度と、その言語的特質が言及されていることに注目しよう（『ポケット外来語辞典』で「イジオット」につづく項目は「イジオチズム（特有語法）」だ）。一九世紀末のブロックハウスとエフロンの百科事典から引くなら、「切り離された《オッジェーリヌィ》」人間、「私人《チャースノエ・リツォー》」である。[7]生きとし生けるものの合唱から疎外された「死産児」としてのイッポリートに深い共感をよせるムイシキンは、要するに、彼もまたほとんど自分と同じ「イジオット」だといっているのである。

第二に「引用」の錯綜。「引用した《ヴジャール》」という思い切った訳語は望月哲男から借りた（もう少しおとなしく訳せば「取った」だろうか）。だが、イッポリートがムイシキンの「引用」だとすれば、またその逆もいえるのであって、大自然の饗宴のなかで疎外感に苦しむムイシキンを形容した「耳も聞こえず、口もきけずに」という言葉は、ホルバインの描く死せるキリストの姿に自然の恐るべき力を見てとって戦慄するイッポリートの言葉――「耳も聞こえず、物も分からず、口もきけない存在」（第三部第六章）――を引用している。この言葉そのものが、望月も訳注で指摘しているように、聖書に登場する、口から泡を出して痙攣する子どもに憑りついた「ものも言えず、耳も聞こえない霊」（『マルコによる福音書』第九章第二五節）の引用なのである。[*8] それどころか、現代ロシアの哲学者ヴァレーリー・ポドロガは、ロゴージン家の訪問のあとのムイシキンの癲癇発作は、死に瀕して叫び声をあげ、墓の中で身体を引き攣《つ》らせるホルバインのキリストの無意識的模倣であるとまでいう。[*9] つづく夢のなかでアグラーヤとナスターシャ・フィリッポヴナの顔が融けあっていくのはすでに指摘した通りだが、ここではあたかも、癲癇に苦しむ白痴と余命二週間を宣告された肺病患者が、十字架にかけられた者と癲癇の悪霊が――要するに、深い孤独のうちにある単独者たちが――互いに引用しあい、模倣しあって、自他の特徴《キャラクター》を曖昧にしているかのようなのだ。

絶句

まとめてこういってみよう。登場人物たちがおのれの特徴《キャラクター》＝顔を失っていく物語[*10]――『白痴』とは、結局、そんな小説であったのではないか？

十分後、公爵はナスターシャ・フィリッポヴナのそばに座り、彼女から片時も眼を離さず、小さな子どもにするように、頭や顔を両手で撫でてやっていた。彼女が笑うと自分も笑い、涙をみせると泣きそうになる。何もいわず、気持ちがたかぶった彼女がきれぎれに口にする脈絡のない言葉をじっと聞き、ほとんどなにも分からないまま静かに微笑んでいたが、またふさぎこんだり、泣き出したり、責めたり嘆いたりしそうな気配がみえると、すぐまた頭を撫でてやり、やさしく頰を手でさすっては、子どものように慰めたり、なだめたりするのだった。（第四部第八章）

エパンチン家の客間で易々と女たちの顔を占う「顔の専門家」ムイシキンの面影はもはやない。人間の外貌からその性格《キャラクター》を読み取ろうとする観相学的まなざしは失効している。読もうにも、ナスターシャ・フィリッポヴナの顔はすでにあまりにも破壊されてしまっているのだ。その「打ちひしがれ、歪められた顔」が彼の存在を刺し貫き、光への希望を打ち砕く。しかし、彼女が笑えば自分も笑い、彼女が泣けば自分も泣いて、ただその顔を撫でさする自動人形のような彼の動きは、意外にも、とうに忘れてしまっていた主人公のキャラクター設定「字のきれいな白痴」を、私たちに思い出させはしないか（「この丸みを帯びた∂《デー》や*a*《アー》を見て下さい」）。いや、それを跳び越えて、お気に入りの文字の浄書に全身で打ち込む『外套』のアカーキー・アカーキエヴィチの姿すらちらつくのだ（「片目を細めてウィンクを送るかと思えば、加勢でもなさるおつもりか、唇までもぐもぐさせたりなさいます。お顔さえ見ておれば、いまどんな字を書いておられるところか、いちいち読みとれるくらいでございました」)。語彙のレベルでも、先の引用文の最後「頬を手でさする водить руками по ее щекам」の「手」を「ペン」に、「頬」を「紙」に置き換えれば、そのまま「紙にペンを走らせる водить пером по бумаге」の意味だ。苦悩に歪むナスターシャ・フィリッポヴナの顔は、性格《キャラクター》を欠いた読めない文字《キャラクター》であり、ペンを走らせ／手でさすることしかできない表面なのである。

アグラーヤとの関係の決裂後、あなたの行為は良家の子女を不当に傷つけるものだったと非難するラドームスキー（エヴゲーニー・パーヴロヴィチ）に対して、ムイシキンがおこなう弁明は、支離滅裂というほかない。

> 「二人が向かい合って立っていたあのとき、あのとき私はナスターシャ・フィリッポヴナの顔が耐えられなかったんです……ねえ、エヴゲーニー・パーヴロヴィチ（彼は秘密めかして声を低くした）、これは今まで誰にも、アグラーヤにさえ話したことがないんですが、私はナスターシャ・フィリッポヴナの顔が耐えられないんですよ……あなたは先ほど、あのときのナスターシャ・フィリッポヴナの家の夜会について正しいことをおっしゃいましたが、そこにはもう一つ、あなたが見逃されたことがあるんです。ご存じないからしょうがないですが。私はあのひとの顔を見ていたんですよ。私はあの朝、肖像を見たときからすでに、それが耐えられなかったんです……これがレーベジェフのところのヴェーラなら、ぜんぜん違う眼を

していますからね。私は……私は彼女の顔がこわいんです！」彼は、異常な恐怖にとらわれて、こう付け足した。

「こわい？」

「ええ。あのひとは、狂人なんです！」彼は青ざめてささやいた。（第四部第九章）

「ええ、あのひとは、狂人なんです」――『白痴』とは、この絶句にいたる物語である。正確には、「あの朝、肖像を見たときからすでに」この絶句は準備されていたのであり、数百ページをかけて公爵は徐々に彼女の顔を語る言葉を失っていったのだ。豊富な語彙を駆使していつまでも飽きることなく顔について語りつづけたラファーターやバルザックとのなんという違いだろう。だが、それでもなおかつ「顔」だというのは、いったいどういうことだろう？ ムイシキンとの会談を終えたラドームスキーは自問する。「だが、恐れられているくせに、あんなにも愛されている、あの顔というやつは、いったい何なのだろう！［…］どうやって二人の女を愛するんだ？ 二つの違った愛でもあるというのか？ こいつは面白い……あわれな白痴《イジオット》だ！」（第四部第九章）

3　顔の署名

なんであれかまわないもの

登場人物の顔が破壊され、特徴《キャラクター》を失っていく。だが、彼らは顔を指さすことをやめない。特徴的な顔立ちの喪失は顔の喪失を意味しない。ならばむしろ、あれこれの特徴を喪失することこそが〈顔〉が出現する条件なのではないか？

ドゥルーズとならぶ現代思想界の隠れた『白痴』ファンであるイタリアの思想家ジョルジョ・アガンベンは、私たちの存在の個体化の根拠を、顔の無差別性＝無差異性（indifference）のうちに求め、それを私たちの「白痴状態」と呼ぶことを提唱する。二〇〇一年の小著『到来する共同体』でいう「なんであれかまわない」もの（ラテン語の quodlibet、英訳では whatever）である。彼は書いている。「なんであれかまわないものとは、あらゆる特性を具えながらも、そのうちどれひとつとして差異を構成することのないもののことである。もろもろの特性が差異を失うことが、もろもろの特異性を個体化し散種するのであり、それらを愛する価値のあるもの（quodlibet なもの）にする」[*11]。これだけでは何のことか分からない。思い切ってパラフレーズしてみよう。

「なんであれかまわないもの」の特異性を理解するために、対照的な例を考えてみよう。疑問符をつけずに質問し、身体にぴったりあったセーターが似あう、キャラが立った一七歳の美しい少女を愛していたとする（この設定は村上春樹の小説から借りた）。彼女の特異性を定義しようとして、「女性」という共通の性質から出発し、そこに含まれる「一七歳の美少女」のクラス、さらにそこに含まれる「抑揚のない話し方」の女性のクラス、さらにそこに含まれる……と限定の数を増やしていっても、私たちがあの少女にたどりつくことはない。様々な性質の限定が該当する人物を一人に絞ったとしても、同じだけの特性を具えた人物が新たに現れる可能性を排除できないからだ。もろもろの特性は相対的な差異しか構成しない。では私たちは、「世に一つとして同じ樹はない石はない」といわれるときのように、世に一つとして同じ身体つきはない、この身体をもった少女を愛するのだろうか？　だが、私たちが愛しているのはそのような質料的な差異ではあるまい。第一、時がたち、その少女がやせた猫のようになってしまったとしたら（このイメージは中島みゆきから借りた）、私たちは愛することをやめるのか？　もしそうでないとすれば、私たちが「疑問符をつけずに質問し、身体にぴったりあったセーターが似合う一七歳の美しい少女」を愛するといったとき、私たちはこの少女のいったいなにを愛しているのか？

「なんであれかまわないもの」とは、あれこれの「特性」とか「性質」によっては定義できない特異性を表しているのである。顔は、そのような差異が生起する場だ。「それはなんであれかまわないものの顔なのであって、そこでは共通の性質に属するものも自分に固有のものもなんら関係がない」[*12]。この意味で、顔は固有名と同じ機能を果たしているといってよい。分析哲学のクリプキの有名な議論を参照しよう（『名指しと必然性』一九八〇年）。一九七〇年のアメリカ大統領はニクソンである。だが、「ニクソン」という固有名を「一九七〇年のアメリカ大統領」という記述によって置き換えることはできない。私たちは「ニクソンは一九七〇年のアメリカ大統領でなかったかもしれない」ということができるが、「一九七〇年のアメリカ大統領は一九七〇年のアメリカ大統領でなかったかもしれない」ということはできないからだ。ニクソンはたしかに一九七〇年のアメリカ大統領だったが、ニクソンについて私たちがいかなる反事実的状況を仮定しようと、ニクソンはニクソンでありつづける。逆にいえば、固有名をもつことによって、私はいまの私を超える可能性を手にするのである。顔も同じだ。クリプキがいうように、固有名が指し示す個体性が「諸特性の束」には還元されないとすれば[*13]、顔もまた諸特性の束（蒼白い顔をしている、いつもメガネをかけている……）には還元されない（それは「顔」ではなくて「キャラ萌え」の条件だ[*14]）。時とともに私の顔には深い皺が刻まれ、取り返しようもなく破壊されていくだろう。その意味で、一九九五年のエッセイ「顔」でアガンベンがいうように、「私の顔は私の外である。私のあらゆる固有性が差異を失い、固有のものと共通なもの、内部と外部とが差異を失う点である」。私の顔は私にはコントロールできない。だが、他者とともにありつつ、私がなおも私であろうとするなら、私は私の顔でありつづけるほかない。「顔は、あらゆる様態、あらゆる質が脱固有化、脱同一化される境界線であり、その境界線でのみ、あらゆる様態、あらゆる質が交流可能なものになる[*15]」。顔は私の交流可能性なのであり、それが〈顔の原理〉だ。

「字がきれいな白痴」ムイシキンは、他人の署名を模倣することによって、自ら「なんであれかまわないもの」になる。アガンベンはいう。「ドストエフスキーの『白痴』のなかで、ムイシキン公爵がどんな人物の筆跡でも難なく真似して署名してのけるように《慎ましき修道院長パフヌーチーみずから記す》、個別的なものと一般的なものは差異を失う。まさしくこれこそが《白痴状態》であって、言い換えれば、なんであれかまわないものの個別性なのだ」。[*16]「白痴」とは自らを放棄する者である。「白痴」の「私人」性は、おのれの諸特性を消去された主体において、事後的に見出されるのだ。

三〇〇人の東アジア人の「私」に変装したセルフポートレイト集を『FACIAL SIGNATURE』と名づけた写真家の澤田知子にならって、[*17]それを「顔の署名」と呼ぼう。ドゥルーズがいうように「顔のクロースアップは顔であると同時に顔の消去である」。[*18]だとすれば、顔は「キャラクター」であることを超えて自らを署名するために、自らを放棄しなければならない。

顔の政治

だが、つづく時代に私たちの顔を見舞った運命を考えあわせてみたとき、『白痴』における顔の消去は深い両義性をおびることになる。顔を抹消しようとしていたのは、虚構作品の登場人物や哲学者たちだけではなかったからだ。

イタリアの歴史家ギンズブルグは、一八七四年から七六年にかけて、誰もが注目する顔よりもむしろ手や耳の描写のうちに画家の紛れもない個性が現れると主張して美術作品の作者鑑定法を刷新した美術史家モレッリ、普通の人には感知できないほど些細な手がかりから事件の真相を解明しようとしたコナン・ドイルのシャーロック・ホームズ（『ボール箱事件』一八九二年）、夢や失錯行為のうちに隠された無意識を探ったフロイト（『夢判断』一九〇〇年）といった事例を挙げ、意識の支配外にある要素を個性の中核と見ようとする共通の態度をそこに認めたうえで、次のように述べている。「まさに時を同じくして、国家権力の側に社会を個別的かつ網羅的に統制しようとする傾向が顕著に現われたのであり、国家権力の側もまた、ささいで無意識的な部分を基盤に個人を識別しようとしたのである*19」。

ギンズブルグが注目するのは、一八八〇年代に容疑者の身元確認のシステムを作りあげたパリ警視庁のアルフォンス・ベルティヨン（一八五三―一九一四）である。一八三二年の刑法改正で犯罪者の身体への烙印が廃止されたのち、偽名と変装で警察の眼を逃れようとする累犯者をどのように識別すればよいか？　この問題に直面したベルティヨンは、映像と言葉からなる混合的なシステムを考案する。厳格に定められた手順に従って正面と横向きの二枚の写真が撮影され、頭の長さや幅、右耳の長さと幅といった、時間とともに変化することのないいくつかの身体部位が測定されて、虹彩の色やその他の特徴記述とともに一枚のカードに記録される。カードを収めるキャビネットはそれぞれの数値の大、中、小によって段階的に分類され、容易に検索可能になっているから、眼の前にいる容疑者が初犯か再犯かを調べるために、膨大な写真を一枚一枚めくり直す必要はない。

今日の私たちの誰もが所有している身分証明写真の起源であるともいえるこのカードの顔について、『司法的同一性の誕生』の渡辺公三はいう。「そこには確かに顔が写しだされている。しかし、そこには本当に顔が写しとられているのだろうか。少なくともそれらの顔は、わたしたちが顔として知覚する、移ろいゆく何かを映しだす表情の鏡としての顔ではない。それは個体を識別するという純粋な示差的機能の下限にまで還元された、特徴の偶然の寄せ集めにすぎないのだ。同一性の構成のためには、「顔」としての顔はすでに一度抹消されていたのであった」。[*20]ベルティヨン式人体測定法は、個人の同一性《アイデンティティ》から名前と顔を剝奪する。それは、モレッリの絵画鑑定法、ホームズの探偵術、フロイトの精神分析とともに、顔からあえて眼を背けることによって、顔を消去することによって、いっそう確実に他者を捕捉しようとする方法だったのだ。だが、問題はそれだけではない。

一八八〇年代以降、ヨーロッパ全土とアメリカ合衆国に広まったベルティヨン式は、一九一〇年代、イギリスの統計学者フランシス・ゴルトンの指紋法に取って代わられる。顔の消去が人体測定法と指紋法に共通する夢であった以上、不徹底さを残した前者を後者がすみやかに圧倒したことは至極順当な成り行きであったようにみえる。だが、顔を奪われた人々はやはりそれでは満足できなかったようなのだ。身元確認の手段としては不徹底であることが確認されたはずの写真が、一九二〇年前後になって、各国のパスポートに相次いで導入される。しかも、初期のパスポートに好んで貼られたのは、ベルティヨン式の正面と横顔ではなく、一九世紀以来の写真館の伝統を受け継ぐ肖像写真だったという。[*21]顔を奪った側の人間も同じだ。指紋法によって個体識別から顔を決定的に追放してしまったはずのゴルトン自身が、複数の顔の写真の重ね焼きによって、犯罪者や肺病患者、ユダヤ人といったタイプの平均顔の映像を作り出すという、およそ科学的とはいいがたい試みに熱中していた。社会の敵とみなされた他者たちの顔が警察のキャビネットにアーカイヴされて不可視になり、ついでそこからも消え去ろうとしたとき、再び他者の顔を可視化しようとする試みが現れるのだ。写真家・写真史家のアラン・セクーラはいう。「数量化と序列化に対するゴルトンの情熱は、観相学的記述に対する限定的な信念と共存していた。彼の著作が示しているのは、測定する欲望と見る欲望のあいだの注目すべき並立《パラレリズム》であり、両者の緊張関係なのだ[*22]」。

ドストエフスキーが壊れゆく顔を前に絶句する人々の物語を書いたのは一八六八年、ロシアではじめて個体識別のための写真利用の可能性が論じられたのは一八八四年[*23]、ペテルブルク警察における人体測定課の創設は一八九〇年だから[*24]、『白痴』と司法的同一性のあいだにはまだ時間の隔たりがあるようにみえなくもない。だが、ロシアの警察における最初期の写真の利用として知られている事例は一八六〇年代にさかのぼるし、一八六七年にはモスクワ警察印刷所内に特別の写真スタジオが設けられている[*25]。一八六六年の皇帝暗殺未遂事件でアレクサンドル二世の命を救った帽子職人コミサーロフが、ロシアの複製技術時代における最初のスターとなったというのも、序論で触れたとおりだ。顔の政治の時代はすでにはじまろうとしていた。ここでは、『白痴』のほぼ一〇年後、ドストエフスキー自身も深い関心を示した事件における顔のエピソードを加えておこう。一八七八年一月二四日、ペテルブルク特別市長官トレープレフに銃口を向けた一人の女ニヒリストが逮捕される。自分の行為は同志が監獄内で受けた不当な鞭打ちに対する正当な報復であるといい放って一躍世間の注目の的となったヴェーラ・ザスーリチは、取調べに際しても、終始、傲然とした態度を崩さなかったが、当時の報道によれば、そんな彼女にも動揺する瞬間があった。「彼女が唯一平常心を失ったのは、その顔にカメラが向けられたときであった。懸命に顰《しか》め面をつくって、自分の顔を歪めようとしたのである」[26]。

アメリカ、バイオグラフ社の名高い短編映画『ならず者ギャラリーの被写体 *A Subject for the Rogue's Gallery*』(一九〇四年)にいたるまで繰り返された「警察のカメラを前にした容疑者の顰め面」の歴史[27]。そのなかでも、ザスーリチのケースは比較的早い時期に属するものではあるまいか。顔は政治的闘争の場となっている——「測定する欲望」と「見る欲望」の闘争、「なんであれかまわない」顔と「誰それでしかありえない」顔の闘争。それが、顔認証でロック解除されたスマートフォンを使い、自撮り画像を顔認識スタンプで加工して遊ぶ私たちの時代につながる問いであることはいうまでもない。

*1 『新訂小林秀雄全集』第六巻、三〇二—三〇三ページ
*2 ジークムント・フロイト、『夢判断』上、二三七、五〇一ページ
*3 『新訂小林秀雄全集』第六巻、二四四—二四五ページ
*4 『新訂小林秀雄全集』第六巻、二三四、二四七、三〇三ページ
*5 江川卓、『ドストエフスキー』、一〇五ページ
*6 *Карманный словарь иностранных слов*, с. 75-76
*7 *Энциклопедический словарь*, т. 24, с. 804-805
*8 新共同訳では「ものも言わせず、耳も聞こえさせない霊」だが、ドストエフスキーが所有していた一八二三年版のテクスト"**дух немый и глухий**"に従った。ファクシミリ

版が出版されている（*Личный экземпляр Нового Завета 1823 года издания, подаренный Ф. М. Достоевскому в Тобольске в январе 1850 года*）。『罪と罰』におけるこの語句については、江川卓、『謎とき『罪と罰』』、九〇―九二ページを参照。

＊9　В. А. Подорога, *Мимесис*, с. 319-320

＊10　オックスフォード英語辞典（OED）、"character"の語釈一〇"The face or features as betokening moral qualities; personal appearance"を参照。

＊11　ジョルジョ・アガンベン、『到来する共同体』、三〇ページ。ただし英訳を参照して訳を一部変えている。以下同じ。

＊12　『到来する共同体』、三〇―三一ページ

＊13　クリプキ、『名指しと必然性』、五九―六〇ページ

＊14　東浩紀、『動物化するポストモダン』

＊15　アガンベン、『人権の彼方に』、一〇四ページ

＊16　『到来する共同体』、三二ページ

＊17　澤田知子、『FACIAL SIGNATURE』

＊18　ジル・ドゥルーズ、『シネマ1』、一七七ページ。ただしここではより鮮烈さの際立つ英訳から訳出した。Gilles Deleuze, *The Movement-Image*, p.100. "The facial close-up is both the face and its effacement."

＊19　カルロ・ギンズブルグ、『神話・寓意・徴候』、二一五―二一六ページ

＊20　渡辺公三、『司法的同一性の誕生』、五六ページ

＊21　橋本一径、『指紋論』、二〇〇―二〇一ページ

＊22　Allan Sekula, "The Body and the Archive," p. 44

＊23　И. Ф. Крылов., *В мире криминалистики*, с. 49

＊24　*Полиция России*, с. 338

＊25　*В мире криминалистики*, с. 47-48

＊26　*Процесс Веры Засулич*, с. 7

＊27　Tom Gunning, "Tracing the Individual Body," pp. 24-28

第6章

身振り

小説の結末におけるヒロインの死の絶対的な静謐
――本書はあえてそのような従来の読み方を離れ、
指し示す、指さす、触れる、撫でるといった登場人物たちの身振りを
ていねいに読み解いていく。
そこで見出されることになるのは、「いまだ顔ではないもの」、
あるいは「もはや顔ではないもの」として出現する顔、
つまり時間の経験としての顔である。
それは、〈顔〉の消失に抗い、〈顔〉を再発見するという
私たちの課題につながっていくのだろうか。

1 破局

結末をどう読むか

ようやく『白痴』の結末近くまでたどりついたようだが、最後の圧倒的な破局《カタストロフィ》を前にして、いったいなにがいえるだろう。白いシーツですっぽり覆われたナスターシャ・フィリッポヴナの亡骸。顔は見えない。その傍らに床を延べ、並んで横たわる二人の男たち。姪のソフィヤ・イワーノワに宛てた一八六八年一一月七日（露暦一〇月二六日）付の手紙は、傑作の予感にうち震える作者の興奮を伝えている。「この小説をこれまで書いてきたのも、その構想も、すべてはこの結末のためだったといってもいいくらいです」。いまでも作品解説などでよく引用される言葉だ。

だが、すでにアカデミー版全集の注釈にも詳しく述べられているように、*1「この結末のためにこの小説を書いてきたのだ」という作者の言葉はほとんど嘘であり、控えめにいっても誇張であったことに注意しなければならない。「亡骸の傍らのロゴージンと公爵」で物語を締めくくるというアイデアが創作ノートに書き込まれるのは、すでに小説の連載が第三部第三章まで進んだ一八六八年一〇月四日（露暦九月二二日）のことにすぎない。「本当に美しい人間を描きたい」とか「キリスト公爵」といった言葉が、創作途上の作家のいわばあと知恵であったことはすでに指摘したが（本書第1章）、フィナーレの構想についても同じことがいえる。ヒロインの死の絶対的な静謐が『白痴』

の構想の出発点にあったわけではない。それは作者がとりあえずたどりついた結論にすぎないのであって、「こうでしかありえない」という思いと、「別なふうでもありえた」という可能性のあいだで、作者はつねに逡巡をつづけていたとみるべきだろう。創作プランのたえまない練り直しや、締切に追われた尋常ならざる執筆過程に注目してユニークな『白痴』論を著したゲリー・ソール・モーソンは、この作品については、あらかじめ思い定めた結末から逆算して物語を構成していく通常の作者の目的論《テレオロジー》的な創作方法を前提することはできないとして、次のように述べている。「私たちは、起こったことがなんであれ、別のことも起こりえたという感じをもつ。この小説の創作ノートがもつ特別な重要性は、それが小説の出来事の周辺に別の影を投げかけているということ――私たちに、起こりえた別の出来事の可能性を教えてくれることのうちにある」*2。

とはいえ、結末の破局を前にしては、もはや「起こりえた別の出来事の可能性」などありえないという感じを抱くことも事実だ。ほとんどムイシキンの予言通りに殺害され、白いシーツにすっぽりと覆われて永遠に顔を失ってしまったヒロインの傍らで、私たちはなおどのように顔の物語を語りつづけることができるだろうか。

触れること、指さすこと

従来の批評家たちのように、結末の破局の意味についてあれこれおしゃべりをしてみても、結論めいたものは得られそうにない。ならばむしろ、あれこれ解釈したくなる誘惑をしりぞけて、ただそこで起こっていることに集中してみたらどうか。

　指し示す、指さす。触れる、撫でる。——私たちの眼に飛び込んでくるのはそんな身振りであり、そんな身振りの人物横断的《トランスパーソナル》な二重化だ。指し示す——破棄された結婚式の翌日、二人のあとを追ってペテルブルクにやってきたムイシキン公爵を家に迎え入れたロゴージンは、部屋を横切るように張られた緑色のカーテンを持ち上げて、その向こうにあるものを指し示す。「「入りな」と彼はいうと、カーテンの向こうをあごで示し、先に入るよう促した」（第四部第一一章）。なにかを見せようとするこの身振りは、私たちが先に検討した夢——緑色のベンチで眠り込んでしまった公爵が見るナスターシャ・フィリッポヴナとアグラーヤの夢——に登場する悲しげな女性の身振りを思い出させる。「彼女は彼を手招きすると、唇に指をあて、静かについてくるようにといっているようにみえた。［…］公園のすぐ近くに、なにか見せたいものがあるようだった」（第三部第七章）。緑色のベンチの夢のナスターシャ・フィリッポヴナの身振りは、緑色のカーテンの向こうを指し示すロゴージンの身振りと重なりあう。だとすれば、夢の中の女性が公爵に見せようとしていたのは、自らの屍体だったということになろうか。

　触れる——熱に浮かされ、次第に意識を失っていくロゴージンの顔に、公爵は震える手を伸ばす。かつて、アグラーヤとの直接対決でほとんど正気を失ってしまったナスターシャ・フィリッポヴナを前にしたときのように。「十分後、公爵はナスターシャ・フィリッポヴナのそばに座り、彼女から片時も眼を離さず、小さな子どもにするように、頭や顔を両手で撫でてやっていた。彼女が笑うと自分も笑い、涙をみせると泣きそうになる」（第四部第八章）。結末ではこうだ。「時がたち、夜が白んできた。ロゴージンはときおり、突然、鋭く脈絡のない大声でぶつぶつ言いだし、叫んだり、笑ったりしはじめた。すると公爵は震える手を伸ばし、彼の頭や髪にそっと触れて、髪を撫でたり頬を撫でたりしてやるのだった」（第四部第一一章）。時の経過を示す表現が強調されていることに注意しよう。「そうしているうちにすっかり夜が明けた。とうとうすっかり力も失せ、捨て鉢になった彼は、クッションに横たわると、ロゴージンの蒼白くじっと動かぬ顔に自分の顔を押し当てた。涙が流れてロゴージンの頬に落ちたが、そのときはもう自分の涙を感じることもなかったし、そんなことはなにも分からなくなっていただろう……」

見ることから触れることへ。距離を隔てて作用し、私たちを互いに疎外してしまう視覚から、私たちをじかに結びあわせる触覚へ。——だが、次の瞬間、再び大きな距離を作り出す身振りが導入され、顔と顔とが引き離されていることに注意しよう。スイスにいるはずの公爵のかつての主治医が、語り手によって想像裡に呼び出され、苦しい一夜の末に再び知的能力を失ってしまった公爵を見出す。「だからもし、かのシュナイダー博士がスイスからここにやってきて、かつて自分の教え子でもあり患者でもあった人物を一目見たならば、公爵がスイスでの療養の最初の年にときおり陥っていたような状態を思い出し、あのときと同じように手を一振りしていったことだろう。「白痴《イジオット》だ！」と」。そしてこの身振りは、『白痴』の全編を締めくくるラドームスキー（エヴゲーニー・パーヴロヴィチ）の手紙のなかで、スイスの療養所に公爵を見舞ったエパンチン将軍夫人の身振りとして繰り返されるのである。「「どこへ行ってもパン一つ満足に焼けやしないし、冬になれば地下室の鼠みたいに凍えているじゃないの」。彼女はいった。「だからとにかくここでは、このかわいそうな人のために、せめてロシア式に涙を流してあげましたよ」。人の見分けもまるでつかなくなっていた公爵を、興奮もあらわに指さしながら、彼女はそう付け加えた」（第四部第一二章）。

指し示すことから触れることへ、そしてまた指さすことへ——こうした身振りの変化がいったいなにを意味するのかは、さしあたり分からない。だが、人から人へと引き継がれるこれらの身振りが『白痴』という小説の最後の数十ページの流れをかたち作っており、作者もまたそれを強調していることはたしかなように思われる。ならばその直感を、もう少し先に進めていくためにはどうしたらよいか。

2 指呼的な言語活動

「それ」

触れることと指し示すこと。『白痴』の最後に現れるこの二つの身振りのどちらを重視したらよいのだろう。前者であれば、この小説は「見ること」から「触れること」への大きな移行の物語として読めることになり、メディア論のマクルーハンやベンヤミンの議論、あるいは現象学のメルロ

＝ポンティの議論などとも響きあって刺激的な議論になるかもしれない。だが、後者の「指さす」身振りも劣らず魅力的だ。それが、これまで見過ごしていた細部の重要性にあらためて気づかせてくれるからであり、また、思いがけない連想を誘って、この作品の意外なキーワードともいうべき一語を示唆してくれるように思われるからである。

指さす身振りは小説の最後にはじめて現れるわけではない。ヒロインの直接対決、二つの三角関係が絡みあうメロドラマのクライマックスにおいて、四人の男女の運命を決した致命的な身振りとして登場している。わたしを取ってこのひとを捨てるか、このひとを取ってわたしを捨てるか、いますぐ決めてと迫られた公爵が犯す取り返しのつかないミスだ。

彼が眼の前に見ていたのは、ただ絶望した、狂人の顔だけであった。かつてアグラーヤにふと口をすべらせていたように、その顔は、彼の「心臓を永遠に刺し貫いて」いたのである。堪えられなくなった彼は、懇願し、咎めるようにアグラーヤに向き直ると、ナスターシャ・フィリッポヴナを指さしていった。

「これじゃあんまりじゃないですか。だってこのひとは……こんなに不幸なのに！」（第四部第八章）

ここで興味深いのは、決定的な瞬間におけるムイシキンの反応が省略されているようにみえる点である。よく読んでみよう。「そのとき、その顔が彼の心を刺し貫いた」とは書いていない。代わりに語り手は、かつてムイシキンが「その顔がぼくの心を永遠に刺し貫いたんです」とアグラーヤにいったという事実を報告しているだけである。それは過去の発言の引用であるにすぎず、いま、この瞬間におけるムイシキンの反応としては、「これ」ではあんまりだとか、「この」人は「こんなに」不幸なのにといった、内容の希薄な指示語しかない。本書第3章の写真に関する議論でも触れたように、ナスターシャ・フィリッポヴナの顔の外傷的な経験は「現在」を回避してしまう。顔はただ指さされるだけで、語られないままなのだ。

その後のラドームスキー（エヴゲーニー・パーヴロヴィチ）に対する釈明の場面で事態はさらに明瞭になる。「私は彼女の顔がこわいんです」というムイシキンの異様な告白はすでに引用したが、弱々しい弁明を試みるなかで、彼はこんなことをいっていたのだった。

「ねえ、どうして私はアグラーヤ・イワーノヴナに会わせてもらえないのですか？ すっかり説明したいのに。だって、あのとき二人は見当違いのことを話していたのですよ、まったく見当違いのことを。だからあんなことになってしまったんです……私はあなたにどうしてもこれをうまく説明できないのですが、アグラーヤが相手なら説明できそうなんです。それなのに、なんということ！」（第四部第九章）

ここで仮に「見当違いのこと」とした訳は必ずしも適切ではない。英訳の“not about the right thing”も同じで、少々説明的すぎる。原文は「ニェ・プロ・ト（не про то）」で、素直に訳せば、単に「それについてではない」だ。二人は「それ《ト》」について話してはいなかった。問題は婚礼でも、愛でも、傷つけられた自尊心でもなく、「それ」であったのに、二人は「それ」について話してはいなかった……公爵はただこういっている。ではこの「それ」とはなにかというと、それが分からない。この分からなさは、すぐあとに出てくる「あんなこと」と比べてみれば一目瞭然だ。「あんなこと」の内容は聞き手にも読者にも了解されているが（アグラーヤが飛び出して、エパンチン家の人々がムイシキンに門を閉ざしてしまって……云々）、「それ」は具体的に示しうる内容を欠いている。直前の箇所を読み直しても無駄である。「それ」は何かを指し示すだけで、指し示されるものがなにかを明らかにはしていない。

「それ」は純粋な指さす身振りなのである。言語学ではそれを「指呼的 deictic」な言語活動と呼んでいる（deixis（指呼）の語源はギリシア語の deiknunai（指し示す））[*3]。向かいあう女たちの傍らで、あるいは高潔な憤りにかられているラドームスキーの前で、ムイシキンはただ、いわくいいがたいなにかを指し示そうとしていたのだ。――あなたたちは「それ」について話していない。あなたたちには「これ」が見えないのか（「私はあのひとの顔を見ていたんですよ」）？ ムイシキンが指し示そうとしていたもの、それが顔であると同時に顔の写真であることは興味深い（「私はあの朝、肖像を見たときからすでに、それが耐えられなかったんです……」）。ロラン・バルトは、まさしくこのような身振りのうちに写真の本質を見ていたからである。『明るい部屋』から印象的な一節を引用しよう。

幼児が何かを指さして「ター、ダー、サー」と片言を言う［…］写真には、つねにそうした身振りがともなう。写真は、「ほら、これです、このとおりです！」と言うだけで、ほかのことは何も言わない。写真は哲学的に変換する（言葉にする）ことができない。写真には偶発的なものが目いっぱい詰まっていて、写真はそれを包んでいる透明な薄い膜にすぎない。自分の写真を誰かに見せると、相手もすぐに自分の写真を取り出して、こう言うだろう。「ほら、これが私の兄弟で、そちらが子供の私です」、等々。「写真」とは、「ほら」、「ね」、「これですよ」を交互に繰り返す、一種の歌にほかならない。「写真」は何か目の前にあるものを指さすのであって、そうした純粋に指呼的な言語活動の域を脱することができない。*4

こうして、小説が終わりに近づくにつれて目立ってくる「それ」という意外なキーワードと、「顔の写真」という主題は、顔を指さす指呼的な言語活動において重なりあう。『白痴』という物語のすべてが、「それ」を指さす身振りに収斂していくようにみえるのだ。「ター、ダー、サー」という幼児の片言にも似た、ほとんど言葉以前の言葉である。それを視覚以前の視覚ということもできるだろう（バルトは視覚ではなくただ身振りについて語っている）。顔は語られるのでも、見られるのでもなく、ただ指さされる。

「それではない」

だが、「ほら」、「ね」、「これですよ」といったここでのバルトのいいかたが、指さす主体と指さされる対象の安定した関係を示唆しているようにみえたとしたら、『白痴』の顔を論ずるには適切ではない。『白痴』において、「それ」はつねに「それについてではない」という否定のかたちで現れているからである。先に引用したムイシキンの弁明からも明らかだが、念のため、『白痴』における「それ」の用例を追加しておこう。ホルバインの模写を見たあと、帰り際のムイシキンがロゴージンに披露する、信仰に関する三題噺の最後である。

「宗教的感情の本質はどんな議論にも、どんな過失や犯罪にも、どんな無神論にも収まりきれない。どこか見当違いな〔=それではない《ニエ・ト》〕ところがあって、永遠に見当違いなままなのさ。そこには無神論がいつも捉えそこねてしまうものがあって、だから彼らは永遠に見当違いのことを〔=それについてではなく《ニエ・プロ・ト》〕話すはめになるんだよ」。（第二部第四章）

なにかを指さすこの身振り――繰り返し「それではない」と否定されて内容を失い、端的な絶句へと近づいていくように見える「それ」――について、私たちはいったいなにを語ることができるだろう？「ほら」、「ね」、「これですよ」といった指さす身振りと指さされる「顔」といえば、すぐさま思い浮かぶのは精神分析のジャック・ラカン（一九〇一―一九八一）による有名な「鏡像段階」

論だが、『写真の時代におけるフィクション』のナンシー・アームストロングは、メディアの時代における顔の映像の不安定さを強調することで、鏡に関するラカンの教説を批判的に再検討しようとしている。ラカンは、鏡に映った自己の映像を発見した幼児がおぼえる喜悦――そこにはしばしば、微笑みながら鏡を指さし、「ほら、あれがおまえだよ」という母親の声がともなっているだろう――について語る。だが、メディアの時代に生きる私たちは、実際には、鏡のなかに自らを認知するよりもはるか以前から大量の写真に取り囲まれており、写真のなかに「私」を認めるよう強いられている。鏡のなかに自己の理想像を発見するドラマティックな瞬間に代わって、そのつど似ていたり似ていなかったり、好きだったり嫌いだったりする大量の映像に直面させられる持続的な過程が、私の壊れやすい自己像を形成しているのである。アームストロングはいう。「大量映像時代の到来とともに、この文化の成員は、同一性《アイデンティティ》の基盤を、同一化《アイデンディフィケーション》（「それは私だ」）から差異《ディファレンス》（「それは私ではない」）へと急激に転換させることを強いられたのではないだろうか」*5。バルトもまた、別のエッセイで、自分の写真を前にした私たちがついもらしてしまう「それは私ではない」というつぶやきに触れていた（「それはあったはそれは私だを傷つける」*6）。「それ」を指さす身振りは、つねに「それではない」という否定によって媒介されているのである。

出来事

しかし、幼児期の体験を引きあいに出すだけでは十分ではない。『白痴』の登場人物たちはなおもそれを指さすことをやめない。公爵はラドームスキーに繰り返す。問題はそれではない、アグラーヤは分かってくれるはずだ。

「分かってくれます、分かってくれますよ！」祈るように両手を合わせて公爵はつぶやいた。「あのひとは分かってくれます。こんなことはみんな見当違いで〔＝それではなくて《ニェ・ト》〕、大事なのはまるで別のことなんです」。

「なんでまるで別のことなんです？ だってあなたはやっぱり結婚するんでしょう？ つまりそこは変わらないわけで……あなたは結婚するんですか、しないんですか？」

「それは、まあ……結婚します。ええ、結婚しますよ！」

「それならなんで見当違い〔＝それではない《ニェ・ト》〕だなんて？」

「いや、それではない《ニェ・ト》んです、それではないんですよ！」（第四部第九章）

なにかを指し示そうとして執拗に繰り返されるこの身振りに、否定的な解釈を施してすますわけにはいかない。それでは、一見無内容にみえるこの身振りに、肯定的な意義を取り戻してやるためには、どうすればよいか。

指呼的な言語活動の人間学的な意義を明らかにしたのは、言語学のエミール・バンヴェニスト（一九〇二－一九七六）である。彼は、一般に「人称代名詞」として一括される「私」「君」「彼」……

のあいだには根本的な区別が存在していると主張する(「代名詞の性質」一九五六年)。「彼」や「彼女」といった、いわゆる「三人称」の代名詞が、前に言及されたものを指し示す省略的な代名詞としてしか用いられないのに対し(「ピエールは病気だ。彼は熱がある」)、一人称の「私」(とその相関項である二人称の「君」)は、ただ言述《ディスクール》が生起し、話者が交代したという事実のみによって、そのつど新たな私(と新たな君)を生み出す(「ぼくは病気だ」「君は熱がある」)。「私」とは「いま、現になにかを語りつつあるその人」であり、話者が交代した瞬間に別の「私」によって否定されてしまうものであるがゆえに、具体的で一回かぎりのディスクールから抽象しうる内容をもつことができない(「吾輩は猫である」というディスクールにおいて生起する「私」と、「私はその人をつねに先生と呼んでいた」というディスクールにおいて生起する「私」は、ともに「私」でありながら、その内実はまったく異なる)。前章で参照したアガンベンにならっていえば、「私」は「なんであれかまわない」のだ。だがそれは、そのつど現れる「私」のかけがえのない個別性とまったく矛盾しない。

事情は、「私」との時間的・空間的隔たりによって定義される「いま/そのとき」「ここ/そこ」「これ/それ」といった指示語についても変わらない。「いま」とは「私がなにかを語りつつあるいま」であり、かつての「いま」は、いまの「いま」によって否定される。「私」にとっての「これ」は、彼にとっての「これ」と同じではない。言語体系のうちにまどろんでいるうちは空虚であるというほかないこれらの記号は、しかし、ディスクールという出来事が生起し、語りかける「私」と語りかけられる「君」とのあいだに関係がうちたてられたとき、唯一の時間を、対象を、場所を指し示す。

言い換えれば、これらの語は、言葉という出来事の生起そのものを指し示しているのだ——誰かが誰かになにかを語りかけようとしているということ、つまり言語活動の条件そのものを指し示しているのである。アガンベンはバンヴェニストをうけていう。

> 代名詞やそれ以外の「言表の指示子」は、実在する個々の対象を表示する以前のところで、まさしく、言語活動が生起しているという事実そのものを指示するのである。こうして、それらの指示子は、意味されるものの世界に指向するのに先立って、言語活動という出来事そのものに指向することを可能にしてくれるのであって、なにものかが意味されうるのはこの言語活動という出来事の内部においてでしかない。*7

「これは誰ですか?」「これはナスターシャ・フィリッポヴナです」——初級外国語の教科書にでも出てきそうな、ごく簡単な文を考えてみればよい。これらの文によってなにかが言われ、意味されるためには、それに先立って、誰かが誰かに語りかけようとしており、なにかを指し示そうとしているのでなければならない。言語活動そのものの生起が、個々の意味作用の可能性の条件になる(アガンベンは、個々の意味作用に対する言語活動のこうした超越性を、ハイデガーのいう「存在論的差異」——もろもろの「存在者」に対する「存在」の超越性——によって説明してもいる)*8。言語体系のなかでまどろんでいる記号が現実の言語行為になるためには、実際、ある跳躍が必要なのである。そして、この跳躍の鍵となるのが、「私」をはじめとする代名詞であり、「これ」や「それ」を指し示す身振りの指呼的な言語活動なのだ。

『白痴』に戻ろう。たしかに、ムイシキン公爵の「それ」は否定に貫かれている。二人はそれではないことについて話していた。すべて見当違いで、それではない……。だが、「それ」を指さそうとして執拗に繰り返される指呼的な言語活動は、肯定／否定に先立って、「私」と「それ」の関係を、「私」と「あなた」の関係を、「私」と「あなた」の「それ」に対する関係を作り出そうとしている。「それ」を指さし、名指すことによって、彼は「それ」に対する応答を私たちに促す。個々の判断に先立つ条件としての関係そのものを創出しようとする身振りにおいて、それは根本的に肯定的な行為なのである。

3　顔から声へ、そして時間へ

呼びかけ

誰かが誰かに語りかけようとしているということ——バンヴェニストがいう「人称の相関関係」[*9]——、それが言語活動を可能にする。これを、〈顔〉をめぐる私たちの議論の文脈でいい換えればこうなるだろう。誰かが誰かに向き合おうとしている――誰かが誰かに自分の顔をさらそうとしており、あるいは他の誰かに誰かの顔を指さそうとしている――、そのことが、私たちの顔を可能にする。言語活動という出来事の生起は「人称の相関関係」の成立と同義であり、つまりは〈顔〉の出現と同時なのだ、と。当たり前のことかもしれない。西洋諸語で「人称」（ラテン語のペルソナ、英語のパーソン、ロシア語のリツォー）は、同時に「顔」なのだから。だが、あえてこの当たり前のことを繰り返そう。誰かの顔があるのは、私たちがその誰かに向きあっているからである。私たちの顔があるのは、誰かが私たちに向き合っているからである。

向き直り、語りかけ、指さそうとするこの身振り――まなざされ、表象された顔ではなく、他者の顔をまなざし、他者の顔に向けて語りかけようとする動き――いささか突飛な思いつきかもしれないが、バフチンがドストエフスキーにおける「呼びかけの言葉」と呼んだものは、この身振りのことではなかったか。『地下室の手記』（一八六四年）に触れながら、彼はこう書いている。

> 「地下室の男」の言葉はどこまでも呼びかけの言葉である。語るとは彼にとって誰かに呼びかけることを意味している。自分について語るとは自分の言葉で自分自身に呼びかけること、他者について語るとは他者に呼びかけること、世界について語るとは世界に呼びかけることなのだ。*10

私たちが語っているのはドストエフスキーの小説世界における「顔」であり、バフチンが語っているのは「言葉」だから、両者は異なっているようにみえる。だが、この対立は見せかけのものにすぎない。バフチンが語っているのはシニフィエとシニフィアンの関係によって定義される記号のようなものではなく、言葉による行為であり（「呼びかけ《オブラシチェーニエ》」は、もともと「向き直る《オブラチーツァ》」という意味だ）、私たちが語っているのも顔の視覚的イメージではなく、他者の顔に向き直り、それを指さそうとする身振りだ。〈声〉による呼びかけと〈顔〉への呼びかけなのである。私たちはいつのまにか、「言葉」と「イメージ」の対立が無意味になるところまで来ているようだ。

顔の時間

声と顔のアナロジーをもう少しつきつめてみよう。言語活動という出来事が生起したことを私たちに教えてくれる指示の働きは、いったいなんによって可能になるのか？　もちろん、誰かが誰かに向けて語り出す「声」によってである。だが、ここでいう「声」とは、いったいどのようなものか？

アガンベンはここで、「死語」に関する聖アウグスティヌスの議論をもち出す。誰かがこれまで耳にしたことがない音声、意味が分からない死語を聞いたとしよう。その人はそれが何をいおうとしているか分からないため、その意味を知りたいと思うだろう。だが、そのためには、その人は自分の聞いた音声が単なる雑音ではなく、意味をもった言葉であることを知っているのでなければならない。いい換えれば、それを、もはや単なる音ではないが、いまだ意味ではないものとして経験しているのでなければならない。

もはや単なる音ではないが、いまだ意味ではない〈声〉——この経験が、思考に未曽有の次元を開く。それは、特定の意味作用を欠いたまま、ただ言語活動が生起しているという事実だけを指し示すのである。[*11]だが、〈声〉のこの経験は、死語をめぐる会話といった特殊なケースにとどまらない。

誰かが誰かに呼びかける声——そこで、もはや単なる音ではないものとして聴き取られた〈声〉は、言語活動という出来事が生起する条件でありながら、語の意味が理解されたときには、すでに消え失せてしまっている。語の理解はその語を構成する音素の識別によっておこなわれるが、音素(phoneme)の識別は声(phone)の固有性の消去によってのみ可能だからだ。デリダがいうように、音素は聞こえない。「音素が存在し、音素として作動することを可能にするのは音素間の差異だけだが、それは耳には聞こえない。この聞こえないものが、二つの音素があるということに対する感知を可能にしているのである」。[*12]逆にいえば、〈声〉は、「もはや音ではない」が「いまだ意味ではない」はざまの瞬間、言語活動の敷居においてのみ響きわたる——あるいは、意味作用が成就したあとから振り返って、事後的に発見されるのだ。意味の成立とともに消失を運命づけられた〈声〉は、言語活動を構成する本質的に否定的な契機なのである。アガンベンはいう。「この〈声〉はもはや音声でないとなおも意味でないという身分をもっているかぎりで、それは必然的に否定的な次元を構成している。それは根拠(fondamento)である。が、〈在ること〉と言語活動が生起するためには根底にまで（a fondo）向かっていって消えてなくなるものであるという意味においてそうなのである」[13]。

〈顔〉の経験とのアナロジーは明らかだ。一方に、誰それの顔として再認され、観相学的視線によって読解され、要素に分解された特徴《キャラクター》としての顔がある（シニフィエとシニフィアンとの絆として、私たちが言語記号を理解するのと同じように）。だが、私たちは、それに先立って、誰かに呼びかけられているのでなければならない。――「なんであれかまわない」任意の人々の群集から、誰かの顔が、不意にクロースアップとして突出してくる、その瞬間の現れを感じとっていなければならない。顔の経験に、いまだ顔ではないものの経験が先立つ。〈声〉がいまだ意味ではない言葉の体験として立ち現れるように、〈顔〉はいまだ誰かの特徴《キャラクター》ではないときに私たちを不意撃ちするのだ。他方、『白痴』を読む私たちは、もはや顔ではないものを――歪められ、破壊され、その特徴《キャラクター》を失ってしまった顔を――認めて戦慄しつつ、そこに、それでもなおかつその人でしかありえない〈顔〉を見出し、それを指さそうとする（言葉として了解してしまったあと、意味作用の残滓として、私たちが〈声〉を見出すように）。〈顔〉はこうして「いまだ顔ではないもの」として、あるいは「もはや顔ではないもの」として出現するのである。

レヴィナスの有名な言葉、「顔は、内容となることを拒絶することでなお現前している」[14]を、内容となることを拒絶している『白痴』の顔によって理解しよう。顔は見られるのでも触れられるのでもなく、ただ指さされる。それも、つねに時間のなかで逃がれ去ってしまうものとして指さされるのだ――「それ」であるのに「それではない」もの、「いまだ」それではなく、「もはや」それではないものとして。時間の経験としての〈顔〉――ナスターシャ・フィリッポヴナの亡骸の傍らで、ムイシキンとロゴージンとともに一夜を過ごした果てに私たちが見出すのは、そのようなものである。

＊1 Ф. М. Достоевский, *Полн. собр. соч. в 30 т.*, т. 9, с. 383

＊2 Gary Saul Morson, "Tempics and *The Idiot*," p. 122. この重要な文献を教えてくれた乗松亨平氏に感謝する。

＊3 ダイクシスは「直示」と訳されることも多いが、ここではデュクロとトドロフの『言語理論小事典』に従った。

＊4 ロラン・バルト、『明るい部屋』、一〇ページ

＊5 Nancy Armstrong, *Fiction in the Age of Photography*, p. 24

＊6 ロラン・バルト、「映像の修辞学」、三八ページ

＊7 ジョルジョ・アガンベン、『言葉と死』、七〇ページ

＊8 『言葉と死』、七二ページ

＊9 エミール・バンヴェニスト、「代名詞の性質」、二三九ページ

＊10 М. М. Бахтин, *Собр. соч.*, т. 6, с. 263

＊11 『言葉と死』、八七–九〇ページ

＊12 Jacques Derrida, *Margins of Philosophy*, p. 5

＊13 『言葉と死』、九三ページ

＊14 エマニュエル・レヴィナス、『全体性と無限』下、二九ページ

終章

私たちの顔はどこにあるのか

ユビキタス化するバイオメトリクス

ドストエフスキーは一八六八年に「それ」を指さして絶句する人々の物語を書いた。ゴーゴリ的小役人のパロディーからはじめ、主人公に当時流行の観相学者を演じさせ、写真に傷つき、映画以前のクロースアップを身をもって示したドストエフスキーは、〈顔〉の経験を突き詰めてたった一つの身振りに到達し、ついには歴史を突き抜けてしまう——そんなふうに要約してよいかもしれない。だが、〈顔〉が歴史を超えた経験であると同時に、否応なく歴史に制約された経験でもあることは、これまで見てきた通りだ。ムイシキン公爵が私たちのもとを去ってからすでに一五〇年が経過している。『白痴』が書かれた一九世紀後半以降、〈顔〉はいったいどこに行ったのだろう？　私たちはいま、どんな〈顔〉の時代を生きているのだろうか？

ドストエフスキーと同世代の肖像写真家ナダール（一八二〇―一九一〇）から『時代の顔』（一九二九年）のアウグスト・ザンダー（一八七六―一九六四）にいたる写真の変化をたどりつつ、多木浩二はいう。

ともあれ私は一世紀も経たないあいだに、写真にまったく異なる人間の顔があらわれてきたという事実に非常に興味をもってきた。写真家がちがった表現をしはじめたというより、人間の顔に注がれる視線が変わったことに、そこにいたる過程はなんであったかと関心をそそられたのだ。人間がそれまでとは別の視線のひらく空間のなかに身体、なかんずく顔を置きはじめたということであろう。［…］顔について言えば、もはやそれは個性的な表情をつくるというより、ある強制的な視線の下で、社会のなかでの自分の存在意義を的確に測定されるためにそこにあらわれていた。それぞれの特徴を記述されるために見られていたのである。ナダールとザンダーのあいだのいつかある時期に、人間の顔の意味が変わったのである。*1

「それまでとは別の視線のひらく空間」に置かれた顔――私たちはその一端を、パリ警視庁のアルフォンス・ベルティヨンによる司法写真に見たのだった（本書第5章）。ベルティヨン式人体測定法は、個人の些細で無意識的な部分に着目することで、私たちが「自分らしさ《アイデンティティ》」について抱くイメージを圧し潰し、一連の情報の「同一性《アイデンティティ》」に還元してしまう。ベルティヨン式そのものは比較的短期間で廃れたが、個人を捕捉しようとする権力のまなざしはその後も変わることなく私たちに注がれている。身分証明写真の私たちがいつもどこか犯罪者じみてみえるのが、そのなによりの証拠ではないか。

それればかりではない。この「強制的な視線」は、二一世紀に入って「安全《セキュリティ》」への要請と結びつくことで社会の隅々まで浸透し、いまや私たちの生の環境そのものとなりつつあるようにみえるのである。二〇〇三年に出版された渡辺公三の『司法的同一性の誕生』が個体識別技術の最新動向として紹介しているのは指紋をはじめとする生体認証《バイオメトリクス》の急速な発展だが、*2 その後の事態は、まるで、顔から指紋へという一九世紀末－二〇世紀初めの個体識別法の変化を逆向きにたどっているかのようだ。古い新聞記事を調べてみると、国土交通省と財団法人・運輸政策研究機構が実施した顔認証システムの導入実験——地下鉄駅の改札口に動画カメラを設置して通行人を撮影し、あらかじめ「危険人物」として設定されたデータと照合して特定する——に反対して、着ぐるみで顔を覆った弁護士や学生らのグループが霞ケ関駅に集結したのは二〇〇六年のこと。[*3] それからはや一〇年余り。空港における顔認証による出入国審査の自動化は、二〇一二年からの数次にわたる試行を経て、二〇一八年六月の成田を皮切りに各地で本格的な運用が始まった。[*4] テロ対策や国境管理といったハードな領域を離れた例を挙げれば、ロック解除の方法として指紋認証に代えて顔認証を採用した**iPhone X**の日本での発売開始は二〇一七年一一月三日だ。[*5] 少しネットで調べてみれば、国内外を問わず、顔認証の同様の応用例はいくらでも見つけることができる。イベントの入退管理、商業施設の顧客分析、犯罪捜査、無人コンビニ……アップル社の宣伝文句をかりていえば、「これからは、あなたの顔がパスワードになります（Your face is now your password）[*6]」という時代が到来しつつあるのである。

こうしたバイオメトリクスのユビキタス化については、プライバシー保護や誤認証の可能性、社会的弱者に対する運用といった様々な観点から批判的に検討しなければならないだろうが、今は措《お》く。ここでいいたいのはただ、ベルティヨン式についてすでに述べたこと——すなわち、顔がいっそう見えないものになっているということ、私の顔がいっそう私のものではなくなりつつあるということだけだ。いや、「私の顔は私には見えず、他者という鏡を必要とする」という〈顔の原理〉からすれば、私の顔はそもそも私のものではないのだから、「私の顔が私たちのものでなくなりつつある」といったほうがよいかもしれない。パスポートの例を考えてみよう。二〇〇六年以降に発給された日本国のIC旅券にはあいかわらず顔写真が貼付されているが、皮肉なことに、眼に見えるその写真は、いまやICチップに記録されている顔画像情報の予備という役割しかもっていない。自動化された出入国ゲートではICチップの情報は直に機械に読み込まれ、その場で撮影された写真のデータと照合される。つまり、そこでは誰もなにも見ていない。顔を差し出す私もそれを受けとめる他者も不在である。顔の情報化は顔を余分なものにしてしまうのだ。

だが、私たちは顔を消え去るがままにまかせているのだろうか？　アラン・セクーラは、指紋による個体識別法を確立したフランシス・ゴルトンの合成写真への熱中を引きつつ、「測定する欲望」と「見る欲望」の相剋について語っていた（本書第5章）。私たちは顔なしではやっていけないように思われる。ならば私たちは、顔の消失をどのような手段によって贖《あがな》おうとしているのか？

キャラクターの記号論

顔のキャラクター化によって、というのが、考えうる一つの仮説である。そしてその兆候は、一九二〇－三〇年代の時ならぬ観相学の復権のうちに認められる。

きっかけとなったのは映画の隆盛である。「映画では容貌の美しさは観相的表現として作用する」[*7]と主張したバラージュ（『視覚的人間』一九二四年）や、アウグスト・ザンダーの肖像写真の意義をロシア映画を引きながら語ったベンヤミン（「図説　写真小史」一九三一年[*8]）が有名だが、ここでは、『戦艦ポチョムキン』（一九二五年）の映画監督エイゼンシュテインの発言を手がかりにしてみよう。スターリン体制が確立しつつあった一九三〇年代、「形式主義」という批判を浴びた彼は、自らの創作原理——階級的・職業的属性をくっきりと示す素人俳優の起用による類型《ティパージュ》的人物造形——を擁護しようとして、いささか唐突に一八世紀末の擬似科学をもち出す。彼はいう。「観相学とは科学ではありません。ラファーターは、先のヘーゲルによってすでに嘲笑されていました。［…］われわれは客観的に科学的な価値をそれに付するものではありませんが、性格の全面的描写と並んで外見のティパージュ的特徴づけを与えなくてはならなくなるや、ラファーターがなしているのとまったく同じように顔を利用し始めるでありましょう。なぜなら、われわれにとってこの場合まず第一に重要なのは印象、外見から受ける主観的な印象であって、性格《キャラクター》の特徴と性格《キャラクター》の本質との一致の客観性ではないからであります[*9]」（「全ソ映画人創作会議における演説」一九三五年）。

　キャラクターの特徴と本質の一致は問題ではない——エイゼンシュテインは、「内面」と「外面」の対応という観相学の道徳的前提をあっさり捨て去ってしまうのだ。その代わりに彼が取り上げるのは観相学の実用的側面である——誰にでも読解可能で、その属性をただちに理解させてくれるキャラクターの造形手段としての観相学。顔は曖昧であってはならない。日本の歌舞伎からヒントを得た彼は、連続的に変化する表情を分割して両極的な状態のみを提示することすら提唱する。「ひとりの変化していく顔を、異なった個性を持つ人々——類型《ティパージュ》——の集団で置き換えるのである。彼らは、ひどく柔軟で、有機的な抵抗力を持たない職業俳優の顔の表面よりも、いつでも、先鋭化された形で、ずっと豊かな表現力を備えているのである」[*10]（「枠を超えて」一九二九年）。彼は顔から時間を追放しようとするのだ。

バラージュとエイゼンシュテインの「クロースアップ」に対する評価の違いの意味もここで明らかになる。刻々と変化するリリアン・ギッシュの表情を長まわしで捉えたD・W・グリフィスを絶賛するバラージュ[*11]に対し、エイゼンシュテインは目まぐるしく切り替わるモンタージュのなかにクロースアップを挿入したソ連の映画監督たちを擁護する。アメリカ映画とソ連映画は違うものを目指している。彼我の用語法の違い（英語の「クロースアップ」とロシア語の「大写し《クループヌイ・プラン》」）に注意を促しながら彼はいう（「ディケンズ、グリフィス、そして私たち」一九四四年）。

> われわれは、モノや顔が「大写しで」、つまり、大きく撮影されているという。
> アメリカ人は近づいてという（これがclose-upの文字通りの意味である）。［…］
> アメリカ人の用語は見ることと関係している。
> われわれの用語は見えているものの評価と関係している。［…］
> このように照らし合わせてただちに明らかになるのは、われわれの映画のクロースアップの主要な機能が、見せることや提示することのみならず、あるいはそれよりもむしろ、意味すること、記号化すること、記号表現なのだということである。[*12]

エイゼンシュテインは顔を「記号」に変えようとしているのだ――神の摂理によって内面との結びつきを保証された外面というラファーター的な「記号」ではなく、世界の実体から切り離された自律的で共時的なシステムとしての二〇世紀的な「記号」に。記号と指示対象との関係は問われず（「重要なのは印象であって、性格の特徴と性格の本質との一致ではありません」）、時間のなかでの記号の変化はそこから締め出されている。ショットは記号であり、別の記号と並置されることによって新しい意味を獲得する。[*13] だから、映画に対するバラージュのアプローチを「観相学的」と呼ぶある研究者は、同じく映画の顔について論じ、ラファーターに直接言及もしているエイゼンシュテインに対しては、この語を留保する。それは顔ではなく、「映画と言語のアナロジーにもとづく構造主義的アプローチ」なのである。[*14] 現代ロシアの哲学者はいっそう踏み込んでいう。「監督としてのエイゼンシュテインは人間の顔に深い不信を抱いていた[*15]」。

だが、彼を反観相学的な作家と呼ぶことはできない。ラファーターとは異なる観相学の伝統があるのである――自然にもとづかない、自由な描線の探究としての観相学の伝統が。なにも見ずに描いた横顔のスケッチを見て人物の性格をいい当てる「肖像ゲーム」に打ち興じたトゥルゲーネフとヴィアルド夫人のグループや、いたずら書きの顔が必然的にもってしまう表情に注目し、でたらめに描き並べた顔の比較検討から表情の「描線符号」を研究することによってストーリーまんがの礎を築いたテプフェールを思い出そう（本書第2章）。テプフェールについてゴンブリッチがいった言葉を繰り返せば、エイゼンシュテインの顔もまた「純粋に慣習的な象徴的表現[*16]」の探究なのである。

図10は一九三〇年代に彼が全ソ国立映画大学での講義で実演してみせた観相学的表情研究だが、[*17] まんがのような横顔をパーツに分割し、顎と頭蓋の順次的変形による印象の変化をユーモラスに語っていくやり方は、きわめてテプフェール的であるといわなければならない。最後の一文は、つねに実際のモデルか、権威ある画家の作品から観相の仕事をはじめたラファーターであれば、けっして口にできなかったはずだ。

［図10］エイゼンシュテインの講義より

図の上部と下部をABとCDの線に沿って覆ってみよう。違いはまったくない。だが、全体として1のような顔をした人物に突撃作業員の役をやらせられるだろうか？　2でしかるべき大きさまで顎を大きくしておけば、プロボクシングの決勝戦に出させてもよかったろうが（二頭筋がしっかりしていれば、だけれど）。しかし、熱工学コンビナートの管理を任せたいと思ったら、この三人のうちでは3しかないだろう。最初の二人に頭蓋を足してやったものだ。とはいえこの三人の誰についても、前もってはっきりしたことは何もいえない。だって、これは人間ですらなくて、ただの……鉛筆の線だからね！[*18]

エイゼンシュテインは顔を記号として解き放つことで表現の広大な領野

を切り開いたのである。ここで一気に歴史を飛び越して、まんが批評の大塚英志が繰り返し引用する晩年の手塚治虫のインタビュー（「珈琲《コーヒー》と紅茶で深夜まで……」一九七九年）に耳を傾けよう。[*19] そこで語られた「まんが記号論」は、エイゼンシュテインの日本文化論から、今日の「萌え要素」のデータベースまでも包含する拡がりをもっている。

じゃあ何かっていうとね、象形文字みたいなものじゃないかと思う。僕の画っていうのは、驚くと目がまるくなるし、怒ると必ずヒゲオヤジみたいに目のところにシワが寄るし、顔がとびだすし。（笑）

そう、パターンがあるのね。つまり、ひとつの記号なんだと思う。で、このパターンとこのパターンとこのパターンを組み合わせると、ひとつのまとまった画らしきものができる。その組み合わせのパターンていうのは、僕の頭のなかに何百通りってあるわけです。だけどそれは純粋の絵画じゃなくてね、非常に省略しきったひとつの記号なのだと思う。［…］キャラクターにしてもそうだと思うんですよ。僕の作品にはいろんなキャラがでてくるようだけど、あれはみんなパターン化しちゃってるんですよ。悪いキャラとか、細長いキャラとか、目の大きいキャラとか、美人とか美男子なんてみんな同じ顔になってしまう。ただ髪だけが違ってね。その髪形もよく見れば別のキャラからとってきたものだったり。だから、キャラクターっていうのは僕にとって単語なんですね。[*20]

大塚英志は、日本のまんが・アニメーションにおけるキャラクター作画法の成立を、大正アヴァンギャルドの芸術家たちによるロシア構成主義の受容と、一九三〇年代におけるアメリカ産アニメーションの大量流入との出会いのうちに探り、戦後の手塚治虫から今日のジブリにいたるアニメーションの起源を、戦時ファシズム体制下の日本における「ディズニーとエイゼンシュテインの野合」という事態のうちにみとめようとする。[*21] この、あまりにも魅力的な仮説の是非を検討する余裕はないが、指摘しておきたいのは、「顔のキャラクター化」とも呼ぶべきこうした現象が、いずれも、なんらかの喪失の経験に対する代償的反応であったと考えられることだ。エイゼンシュテインやプドフキン（『母』一九二六年）のティパージュは、資本主義体制下で人間の尊厳を奪われていた民衆の誇り高い顔を取り戻そうとする試みだったといえるだろうし（ベンヤミンによれば、「はじめてロシア映画が、自分の写真など必要としないような人びとを、カメラの前に立たせることになった。すると瞬時にして人間の顔が、新しい、測り知れないほどの意味を帯びて、画面の上に立ち現れた」[*22]）、戦前からのまんが表現の蓄積を消化しつつあった手塚少年が、戦争による人の死という圧倒的な現実を前にして、「リアルに傷つき、死にゆく身体」をもったキャラクターという逆説的な存在を作りあげていった過程は、大塚が感動的に描き出している通りだ。[*23] 東浩紀は、八〇年代以降のおたく系アニメに頻出するキャラクターの疑似日本的な意匠は、敗戦による伝統的アイデンティティの断絶を埋めあわせ、アメリカに対する圧倒的劣位という現実を想像的に反転させようとする欲望によって生み出されたものだという。[*24] 今日の学校の教室やインターネット空間で進行する「キャラ化」についていえば、精神科医の斎藤環は、「匿名化にさらされた個人の心の中に、固有性とは別のしかたで一つのまとまりを与えてくれるのが「キャラ」なのだ」[*25]と述べている。

キャラクターは私たちに加えられた圧力に対する抵抗の手段なのである。エイゼンシュテインは、アメリカ資本主義の灰色の風景のなかでディズニーのキャラクターたちが享受している絶対的な自由について嫉妬まじりに書いている。「ディズニーはただ「善悪の彼岸」にいるのだ。[…]ディズニーの映画は、太陽の黒点を暴露するのではなく、自ら木漏れ日の斑点となって、大地のスクリーンの上で戯れる。/ちらつき、暖めるが、屈服しない」(「ディズニー」一九四〇―一九四六年)[*26]。だが、それはまたなんという両義的な武器だろう。先の斎藤環はつづけて、「「かけがえのない世界の、かけがえのない自分」に対する〝信仰〟を失った個人が、こころの安定をキャラに託そうとするなら、キャラの記述＝相互確認を可能にしてくれる再帰的コミュニケーションの中に、繰り返し身を投じ続けるほかはない」[*27]といっているが、間断なきコミュニケーションのなかでつねに同一であることの確認を強いられるキャラは、私たちにとってもっとも鬱陶しい抑圧の道具になりうる。それは私たちの成長と成熟を阻害してしまうのだ。[*28] クロースアップはモンタージュによって意味づけられたものでなければならないというエイゼンシュテインの主張についても同じことがいえる。映画批評のアンドレ・バザン(一九一八―一九五八)がいうように、モンタージュは本質的に曖昧さの表現とは相容れない。別のショットと組み合わされた顔のクロースアップはたしかに明確に確定しうる意味をもつ。だが、そんなことが可能なのは、顔がそもそも本来的に曖昧なものだからだったのではないか[*29]。

失われた私たちの顔の代償であるキャラクターは、時間のなかで揺れ動く私たちの顔の本質的な見定めがたさを圧し潰してしまう。つねに逃れ去る「それではない」ものを指さす『白痴』の身振りが入り込む余地はそこにはない。

私たちの顔はどこにあるのか

私たちは本書の冒頭で「私たちは〈顔の世紀〉を生きているのか?」と問うた。『白痴』を読む長い道のりをたどり終えようとしているいま、再びこの問いに立ち返り、私たちなりの解答を試みておきたい。

一方で私たちを取り巻いているのは、測定する視線、ユビキタス化したバイオメトリクスのネットワークであり、顔の情報化である。顔はパスワードであり、見られもしなければ読まれもしない。私たちは顔を喪失した世紀を生きている。

他方で私たちを煽り立てているのは、見る欲望／見せる欲望であり、顔のキャラクター化へのたえまない衝迫である。一九世紀の深い観相学は死に絶えたが、浅い観相学は生き残って、いまだに私たちを束縛しつづけている。それは、たえまないコミュニケーションのなかで、互いのキャラクターを確認しつづけなければならないという強迫観念なのだ。

今日、私たちがいたるところで眼にしているのは、この二つの顔の闘争である。二〇〇六年の顔認証実験に反対して地下鉄霞ヶ関駅に押し寄せた着ぐるみの集団や、顔認識技術を搭載したスマートフォンの顔合成アプリで遊ぶ少女たちは、そのもっとも見やすい例である。私たちは、自らをキャラクターと化すことによって、顔の喪失に抗うことを選択したのだ。だが、それは正しいことだったのだろうか。実際には、二つの力は共謀して私たちの生を覆いつつある。「あなたの顔がパスワード」というアップル社の宣伝文句は、いまや私たちがいくつかのアカウントの保有者にすぎず、所定の手続きによってアクセス可能なデータの束にすぎないことを告げている。だがそれは、私たちがつねに「なにものか」であること、そのつど記述可能なキャラクターであることを強制される社会に生きており、そこから逃れる術《すべ》を知らないということでもある。つまり、私たちは、顔をもつことの不可能性と同じくらい、顔をもたないことの不可能性にも苦しんでいるのである。

私たちが読みつづけてきた『白痴』は、それゆえ二重の意味で反時代的なテクストであるといわなければならない。それが私たちから遠ざかりつつある時代の痕跡を色濃く残したテクストだからというだけではない。逃れゆく顔、いまだ顔ではないもの、もはや顔ではないものを捉えようとするその身振りは、つねに「それではない」という否定の声に打ち消される。それは時間のなかに現れながら、いつも自らの瞬間《とき》を逸してしまうのだ。だが、バフチンがいうように、「ドストエフスキーの芸術的思考によれば、人格の真の生は、いわば人間が自分自身と一致しなくなるこの一点において成就する」[*30]のだとしたら、私たち自身もまた逃れようもなく反時代的な存在であるということとではないのか。

私たちは〈顔〉を探し求めなければならない——それが、『白痴』というテクストから今日の私たちが受け取らなければならないメッセージなのである。顔の消失に抗い、顔を再発見すること。だがそれは同時に、固定した諸特性の束としてのキャラクターを打ち壊し、時間の変形作用のなかに顔を解き放つことでもなければならない。いまだ私でなく、もはや私でない顔を引き受けること。そうしてはじめて、〈顔〉は固有名の強度を獲得することができる。〈顔〉は私たちに与えられたものではなく、課せられたものである。顔の消去とキャラクター化に同時に抗う実践の例を二〇世紀美術のうちに求めることで、本書の締めくくりとしよう。

顔の現れ

あなたは『戦艦ポチョムキン』の泣き叫ぶ乳母のスチール写真を繰り返し参照されていますねという美術批評家（デイヴィッド・シルヴェスター）の指摘に答えて、イギリスの画家フランシス・ベイコン（一九〇九—一九九二）はいう。「あの映画を観たのは画家になるかならないかの頃で、深い感銘を受けました。オデッサの階段のシーンにでてきたこのショットもそうですが、映画全体が印象的でした。とりたてて心理学的な意味はないのですけれども、いつか人間の叫びを描いた最高傑作を制作したいと思っていました。自分ではできなかったのですが、エイゼンシュテインはじつにうまく描写していて、かないませんね[*31]」。

エイゼンシュテインのスチールを直接引用した《戦艦ポチョムキンの乳母のための習作》（一九五七年）や、叫ぶ男性を描いた《頭部Ⅵ》（一九四九年）、ベラスケスにもとづく《教皇》の連作といったベイコンの傑作はこうして生まれた。二〇世紀におけるもっとも鮮烈な顔のイメージ。彼はいう。「たしかに叫びは恐ろしいイメージですが、私は恐怖よりも叫びを描きたかったのです［…］私は口の動きや、口や歯の形にいつも心を動かされます。［…］口の色と輝きが好きで、モネの日没の絵のように口を描けたらいいと、いつも思っていました」[32]。

だが、なぜ、よりにもよってオデッサの階段なのか？　階段を転げ落ちる乳母車、サーベルを振り下ろす凶暴な顔のコサック、鼻眼鏡を叩き壊されて片眼から血を流す女……完璧なモンタージュ、革命思想の完璧な絵解き《イラストレイション》であって、バザンでなくても、そこに意味の専横をみないことは難しい。絵画への物語の侵入を拒否し、「出来事と偶然の媒体」[33]を自認する画家にとって、これほどふさわしくないものがあろうか？

だが、そうではないのだ。ベイコンが自らの創作の源泉として選び出したクロースアップは、オデッサの階段のシークエンスのなかで、過剰な曖昧さによって際立っている。すべてが不確かなのだ。それは「乳母」なのか「女教師」なのか（後者で呼ばれるのが普通だが、エイゼンシュテイン自身は「鼻眼鏡の女」としかいっていない）[34]？　階段を転げ落ちる乳母車のショットにつづくクロースアップで、喘ぎながら画面の外の何かを見つめる彼女は、いったいなにを見ているのか？　転げ落ちる乳母車か、それとも、サーベルで斬りつけるコサック兵なのか？[35]　転覆しかけた乳母車のショットの直後に大写しにされるコサック兵の凶暴な表情は、乳母車の幼児に向けられたものではないのか？　二度に分けて振り下ろされる彼のサーベルはなにに向けられているのか？　鼻眼鏡を割られて血を流す女の眼はサーベルでえぐられたのか、それとも弾丸で撃ちぬかれたのか？……映画研究のボードウェルが冷静に指摘しているように、乳母車とコサック兵と鼻眼鏡の女の関係について、確実にいえることはなにもない。*36 叫ぶ鼻眼鏡の女の顔は、暴力の決定的な瞬間から切り離され、方向感覚を喪失して虚空に浮かんでいる。それは、前後する出来事の因果関係から弾き出されてしまった顔の映像なのだ。

だが、こうして説明《イラストレイション》の役割から解き放たれ、革命の物語からも切り離された「イメージそのものが暗示する暴力」がベイコンを魅了する。彼はいう。「こうしてテーブル越しにあなたを見るとき、私はあなたを見ているだけではなく、あなたが発しているものをすべて見ています。人はなにかを発しており、それは人格その他のあらゆる側面と関わっているのです。それを自分の望みどおりに肖像画で表現すると、暴力的な絵に見えるのでしょう。たいていの場合、私たちは覆いの中で生きています。存在が覆い隠されているのです。ときどき思うのですが、人が私の作品を暴力的だと言うのは、たぶん、ときとして私がそうした覆いやベールを一、二枚はがすことに成功しているからでしょう*37」。

ドゥルーズは、ベイコンは頭部の画家であって顔の画家ではないという。肖像画家としてのベイコンが追求している特別な課題とは「顔を解体すること、顔の背後に頭部を発見し、あるいは出現させること」なのだ。[38] だが、二年後に「顔のクロースアップは顔であると同時に顔の消去である」[39]とも書くドゥルーズだから、ここで「顔」と「頭部」の区別にこだわる必要はあるまい。どんなに歪曲しようが、ベイコンが追求しているのはあくまでも顔である。「似せるつもりがないなら、肖像画を描く意味がありませんからね」[40]。顔を解体すること、「それではない」という否定の身振り――それによってはじめて現れてくる〈顔〉があるのだ。邦訳では「姿かたち」とされている"appearance"を「顔の現れ」と意訳してベイコンの発言を引用すれば、「問題はすべて顔の現れとは何かということなのです」[41]。それは、反時代的な問いであると同時に、まさしくいまを生きる私たち自身の問いだ。『白痴』の傍観者ラドームスキーの慨嘆を、いまなお私たちは繰り返している。「だが、恐れられているくせに、あんなにも愛されている、あの顔というやつは、いったい何なのだろう！」（第四部第九章）。

＊1　多木浩二、『写真の誘惑』、八八―八九ページ

＊2　渡辺公三、『司法的同一性の誕生』、三八九―四〇二ページ

＊3　『朝日新聞』二〇〇六年五月一九日付朝刊。反対運動の詳細については、田島泰彦・斎藤貴男・編、『超監視社会と自由』、七三―八二ページも参照。

＊4　『朝日新聞』二〇一八年六月九日付朝刊（ちば首都圏版）

＊5　『朝日新聞』二〇一七年九月一三日付夕刊

＊6　https://web.archive.org/web/20180906005157/https://www.apple.com/jp/iphone-x/ および https://web.archive.org/web/20180927061936/https://www.apple.com/am/iphone-x/（二〇一八年一一月一二日アクセス）

*7 ベラ・バラージュ、『視覚的人間』、六八ページ。原文の強調は省いた。
*8 ヴァルター・ベンヤミン、『図説　写真小史』、四〇－四三ページ
*9 『エイゼンシュテイン解読』、一八三－一八四ページ。名前の表記を変えた。
*10 『エイゼンシュテイン解読』、八三ページ
*11 『視覚的人間』、七七－七八ページ
*12 С. М. Эйзенштейн, *Метод*, т. 2, с. 113
*13 *Метод*, т. 2, с. 120
*14 Gertrud Koch, "Béla Balázs," p. 175
*15 В. А. Подорога, *Феноменология тела*, с. 291
*16 E・H・ゴンブリッチ、『芸術と幻影』、四五五ページ
*17 大石雅彦、『エイゼンシテイン・メソッド』、二六八－二六九ページで詳しく紹介されている。
*18 С. М. Эйзенштейн, *Избранные*, т. 4, с. 378
*19 テプフェールと手塚治虫の類縁性はすでに指摘されている（ティエリ・グルンステン、『線が顔になるとき』、一〇八－一一〇ページ）。
*20 大塚英志、『アトムの命題』、六二－六四ページ
*21 大塚英志、『ミッキーの書法』
*22 『図説　写真小史』、四〇ページ
*23 『アトムの命題』、第三章
*24 東浩紀、『動物化するポストモダン』、二二－二五ページ
*25 斎藤環、『キャラクター精神分析』、四七ページ
*26 *Метод*, т. 2, с. 262. 抄訳がある（「ディズニー（抄訳）」今井隆介・訳、『表象』〇七号、二〇一三年）
*27 『キャラクター精神分析』、四八ページ
*28 『キャラクター精神分析』、四九ページ
*29 アンドレ・バザン、『映画とは何か』上、一二七ページ
*30 М. М. Бахтин, *Собр. соч.*, т. 6, с. 70
*31 デイヴィッド・シルヴェスター、『フランシス・ベイコン・インタヴュー』、五二ページ。引用に際して訳を少し手直ししたところがある。以下同じ。
*32 『インタヴュー』、七〇－七二ページ
*33 『インタヴュー』、二〇一ページ
*34 Sergei Eisenstein, *Film Form*, p. 55.
*35 James Goodwin, *Eisenstein, Cinema, and History*, p. 68
*36 David Bordwell, *The Cinema of Eisenstein*, p. 76
*37 『インタヴュー』、一一五－一一八ページ
*38 ジル・ドゥルーズ、『フランシス・ベーコン』、三五－三六ページ
*39 Gilles Deleuze, *The Movement-Image*, p.100
*40 『インタヴュー』、二〇六ページ
*41 『インタヴュー』、一五四ページ

参考文献

Agamben, Giorgio［1982］*Il linguaggio e la morte: Un seminario sul luogo della negatività*, Giulio Einaudi. ジョルジョ・アガンベン、『言葉と死――否定性の場所にかんするゼミナール』、上村忠男・訳、［二〇〇九］、筑摩書房

Agamben, Giorgio［1996］*Mezzi senza fine: Note sulla politica*, Bollati Boringhieri. ジョルジョ・アガンベン、『人権の彼方に――政治哲学ノート』、高桑和巳・訳、［二〇〇〇］、以文社

Agamben, Giorgio［2001］*La comunità che viene*, Bollati Boringhieri. Giorgio Agamben［1993］*The Coming Community*, translated by M. Hardt, University of Minnesota Press. ジョルジョ・アガンベン、『到来する共同体』、上村忠男・訳、［二〇一二］、月曜社

Armstrong, Nancy［1999］*Fiction in the Age of Photography: The Legacy of British Realism*, Harvard University Press

東浩紀［二〇〇一］『動物化するポストモダン――オタクから見た日本社会』、講談社（講談社現代新書）

Бахтин, М. М.［1996-2010］*Собрание сочинений*, т. 1-6, М., Русские словари/Языки славянских культур

バフチーン［一九七三］『フランソワ・ラブレーの作品と中世・ルネッサンスの民衆文化』、川端香男里・訳、せりか書房

バフチン［一九九五］『ドストエフスキーの詩学』、望月哲男、鈴木淳一・訳、筑摩書房（ちくま学芸文庫）

バフチン［一九九九］『ミハイル・バフチン全著作』、第一巻、伊東一郎、佐々木寛・訳、水声社

Balázs, Béla［1924］*Der sichtbare Mensch oder die Kultur des Films*, Österreichischer. ベラ・バラージュ、『視覚的人間――映画のドラマツルギー』、佐々木基一、高村宏・訳、［一九八六］、岩波書店（岩波文庫）

Balázs, Béla［1949］*Der Film: Werden und Wesen einer neuen Kunst*, Globus. ベラ・バラージュ、『映画の理論』、佐々木基一・訳、［一九九二］、學藝書林

番場俊［一九九五］「声の出来事――ミハイル・バフチン再読」、『現代思想』一九九五年九–一一月号
番場俊［一九九七］「〈顔〉のエクリチュール――ドストエフスキー『白痴』に関する覚書」、『現代思想』一九九七年五月号
番場俊［二〇〇一］「小林秀雄のドストエフスキー／再読」、『ユリイカ』二〇〇一年六月号
番場俊［二〇一二］『ドストエフスキーと小説の問い』、水声社
Баршт, К. А.［1994］"'Каллиграфия' Ф. М. Достоевского", В. Н. Захаров (ред.), *Новые аспекты в изучении Достоевского*, Петрозаводск, изд. Петрозаводсого ун-та
Баршт, К. А.［1996］*Рисунки в рукописях Достоевского*, СПб., Формика
Barthes, Rolland［1964］"Rhétorique de l' image," *Communication*, no. 4, 1964. ロラン・バルト、「映像の修辞学」、『第三の意味――映像と演劇と音楽と』、沢崎浩平・訳、［一九九八］、みすず書房
Barthes, Roland［1980］*La chambre claire: Note sur la photographie*, Gallimard. ロラン・バルト、『明るい部屋――写真についての覚書』、花輪光・訳、［一九八五］、みすず書房
Белинский, В. Г.［1982］*Собрание сочинений в девяти томах*, т. 8, М., Художественная литература
Belting, Hans［1990］*Bild und Kult: Eine Geschichte des Bildes vor dem Zeitalter der Kunst*, C.H. Beck. Hans Belting［1994］*Likeness and Presence: A History of the Image before the Era of Art*, translated by E. Jephcott, The University of Chicago Press
Benjamin, Walter［1931］"Kleine Geschichte der Photographie," *Die Literarische Welt*, 7:38-40. ヴァルター・ベンヤミン、『図説　写真小史』、久保哲司・編訳、［一九九八］、筑摩書房（ちくま学芸文庫）
Benjamin, Walter［1935-36］"Das Kunstwerk im Zeitalter seiner technischen Reproduzierbarkeit," *Gesammelte Schriften*, 1-2. ヴァルター・ベンヤミン、「複製技術時代の芸術作品［第二稿］」、『近代の意味』（ベンヤミン・コレクション1）、浅

井健二郎・編訳、〔一九九五〕、筑摩書房（ちくま学芸文庫）

Benveniste, Émile, 〔1966〕“La nature des pronoms”, *Problèmes de linguistique générale*, Gallimard. エミール・バンヴェニスト、「代名詞の性質」、『一般言語学の諸問題』、岸本通夫・監訳、〔一九八三〕、みすず書房

Billington, James H. 〔1970〕 *The Icon and the Axe: An Interpretative History of Russian Culture*, Vintage

Bordwell, David 〔1993〕 *The Cinema of Eisenstein*, Harvard University Press

Breuer, Josef und Freud, Sigmund 〔1895〕 *Studien über Hysterie*, Franz Deuticke. ヨーゼフ・ブロイアー、ジークムント・フロイト、『ヒステリー研究』上下、金関猛・訳、〔二〇〇四〕、筑摩書房（ちくま学芸文庫）

Bruce, Vicki 〔1988〕 *Recognising Faces*, Lawrence Erlbaum Associates. V・ブルース、『顔の認知と情報処理』、吉川左紀子・訳、〔一九九〇〕、サイエンス社

Chamberlain, Arthur B. 〔1913〕 *Hans Holbein the Younger*, vol. 1, Dodd, Mead & Co.

Данилова, И. 〔1959〕“Русские писатели и художники XIX века о Дрезденской галлерее”, М. Алпатов и И. Данилова, *Старые мастера в Дрезденской галлерее* М., Искусство

Deleuze, Gilles et Guattari, Félix 〔1980〕 *Mille plateaux (Capitalisme et schizophrénie, 2)*, Minuit. ドゥルーズとガタリ、『千のプラトー』、宇野邦一ほか・訳、〔一九九四〕、河出書房新社

Deleuze, Gilles 〔1983〕 *Cinema 1: L'image-mouvement*, Minuit. Gilles Deleuze 〔1986〕 *Cinema 1: The Movement-Image*, translated by H. Tomlinson and B. Habberjam, University of Minnesota Press. ジル・ドゥルーズ、『シネマ1＊運動イメージ』、財津理、齋藤範・訳、〔二〇〇八〕、法政大学出版局

Deleuze, Gilles 〔2002〕 *Francis Bacon: Logique de la sensation*, Seuil. ジル・ドゥルーズ、『フランシス・ベーコン——感覚の論理学』、宇野邦一・訳、〔二〇一六〕、河出書房新社

Derrida, Jacques 〔1982〕 *Margins of Philosophy*, translated by A. Bass, The University of Chicago Press

Достоевская, А. Г.［1987］*Воспоминания*, М., Правда. アンナ・ドストエフスカヤ、『回想のドストエフスキー』1、2、松下裕・訳、［一九九九］、みすず書房

Достоевская, А. Г.［1993］*Дневник 1867 года*, М., Наука. アンナ・ドストエーフスカヤ、『ドストエーフスキイ夫人アンナの日記』、木下豊房・訳、［一九七九］、河出書房新社

Достоевский, Ф. М.［1972-1990］*Полное собрание сочинений в 30 томах*, Наука

Dostoevsky, Fyodor［2001］*The Idiot*, translated by Richard Pevear and Larissa Volokhonsky, Vintage

Достоевский, Ф. М.［2009］*Полное собрание сочинений: Канонические тексты*, т. VIII, Петрозаводск, Изд-во ПетрГУ.

ドストエフスキー［二〇一〇］『白痴』1～3、望月哲男・訳、河出書房新社（河出文庫）

Ducrot, Oswald et Todorov, Tzvetan［1972］*Dictionnaire encyclopédique des sciences du langage*, Seuil. O・デュクロ、T・トドロフ、『言語理論小事典』、滝田文彦ほか・訳、［一九七五］、朝日出版社

江川卓［一九八四］『ドストエフスキー』、岩波書店（岩波新書）

江川卓［一九八六］『謎とき『罪と罰』』、新潮社

江川卓［一九九四］『謎とき『白痴』』、新潮社

Эйхенбаум, Б. М.［1924］"Как сделана „Шинель" Гоголя", *Сквозь литературу: Сборник статей*, Л., Academia ボリス・エイヘンバウム、「ゴーゴリの『外套』はいかにつくられているか」、桑野隆・大石雅彦・編、『フォルマリズム――詩的言語論』（ロシア・アヴァンギャルド6）、［一九八八］、国書刊行会

Эйзенштейн, С. М.［1964］*Избранные произведения в шести томах*, т. 2, М., Искусство.『エイゼンシュテイン解読――論文と作品の一巻全集』、岩本憲児・編、［一九八六］、フィルムアート社

Эйзенштейн, С. М.［1966］*Избранные произведения в шести томах*, т. 4, М., Искусство

Eisenstein, Sergei［1977］*Film Form: Essays in Film Theory*, edited and translated by Jay Leyda, Harcourt

Эйзенштейн, С. М.〔2002〕*Метод*, т. 2, М., Музей кино/Эйзенштейн-центр.
セルゲイ・エイゼンシュテイン、「ディケンズ、グリフィス、そして私たち」、『エイゼンシュテイン全集』第六巻、エイゼンシュテイン全集刊行委員会・訳、〔一九八〇〕、キネマ旬報社

Eisenstein, Sergei〔2006〕"On Disney," Richard Taylor (ed.), *The Eisenstein Collection*, Seagull Books. セルゲイ・エイゼンシュテイン、「ディズニー（抄訳）」、今井隆介・訳、〔二〇一三〕、『表象』〇七号

Elliott, David (ed.)〔1992〕*Photography in Russia, 1840-1949*, Thames and Hudson

遠藤知巳〔二〇一六〕『情念・感情・顔——「コミュニケーション」のメタヒストリー』、以文社

Энциклопедический словарь, т. 24,〔1890〕, СПб., Ф.А. Брокгауз и И.А. Ефрон

Frank, Joseph〔1976〕*Dostoevsky: The Seeds of Revolt, 1821-1849*, Princeton University Press

Freud, Sigmund〔1900, 1930〕*Die Traumdeutung*, *Gesammelte Werke*, Bd. 2. ジークムント・フロイト、『夢判断』上、高橋義孝・訳、〔二〇〇五〕、新潮社（新潮文庫）

Freund, Gisèle〔1980〕*Photography & Society*, D. R. Godine. ジゼル・フロイント、『写真と社会——メディアのポリティーク』、佐復秀樹・訳、〔一九八六〕、御茶の水書房

Ginzburg, Carlo〔1986〕*Miti, emblemi, spie: Morfologia e storia*, G. Einaudi. カルロ・ギンズブルグ、『神話・寓意・徴候』、竹山博英・訳、〔一九八八〕、せりか書房

Гоголь, Н. В.〔1938〕*Полное собрание сочинений*, т.3, АН СССР. ゴオゴリ、「外套——落語訳のこころみ」、江川卓・演訳、〔一九八四〕、『季刊ソヴェート文学』八七号。ゴーゴリ、『鼻／外套／査察官』、浦雅春・訳、〔二〇〇六〕、光文社（光文社古典新訳文庫）

Gombrich, E. H.〔1972〕*Art and Illusion: A Study in the Psychology of Pictorial Representation*, Phaidon. E・H・ゴンブリッチ、『芸術と幻影——絵画的表現の心理学的研究』、瀬戸慶久・訳、〔一九七九〕、岩崎美術社

Goodwin, James［1993］*Eisenstein, Cinema, and History*, University of Illinois Press

Graham, John［1961］"Lavater's Physiognomy in England," *Journal of the History of Ideas*, vol. XXII（December 1961）

Groensteen, Thierry［2003］*Lignes de vie: Le visage dessiné* ティエリ・グルンステン、『線が顔になるとき——バンドデシネとグラフィックアート』、古永真一・訳、［二〇〇八］、人文書院

Gunning, Tom［1995］"Tracing the Individual Body: Photography, Detectives, and Early Cinema," L. Charney and V. R. Schwartz (eds.), *Cinema and the Invention of Modern Life*, University of California Press

Hans Holbein the Younger: The Basel Years 1515-1532,［2006］, Prestel

橋本一径［二〇一〇］『指紋論——心霊主義から生体認証まで』、青土社

蓮實重彦［二〇〇八］『ゴダール　マネ　フーコー——思考と感性をめぐる断片的な考察』、ＮＴＴ出版

Heier, Edmund［1971］"Lavater's System of Physiognomy as a Mode of Characterization in Lermontov's Prose," *Arcadia* 6（3）

Heier, Edmund［1991］*Studies on Johann Caspar Lavater (1741-1801) in Russia*, Peter Lang

Heier, Edmund［1997］"Elements of Physiognomy and Pathognomy in the Works of I. S. Turgenev: Turgenev and Lavater," *Slavistische Beiträge*, Band 116

Henning, Andreas［2011］"From Sacred to Profane Cult Image: On the Display of Raphael's *Sistine Madonna* in Dresden," G. Feigenbaum and S. Ebert-Schifferer (eds.), *Sacred Possessions: Collecting Italian Religious Art, 1500-1900*, Getty Research Institute

Ямпольский, Михаил［1996］*Демон и лабиринт: Диаграммы, деформации, мимесис*, М., Новое литературное обозрение. ミハイル・ヤンポリスキー、『デーモンと迷宮——ダイアグラム・デフォルメ・ミメーシス』、乗松亨平・平松潤奈・訳、［二〇〇五］、水声社

Яновский, С. Д.［1885］"Воспоминания о Достоевском", *Русский вестник*, 1885, апрель, *Ф. М. Достоевский в*

воспоминаниях современников, т. 1,〔1990〕, М., Художественная литература
Johnson, Leslie A.〔1991〕"The Face of the Other in *Idiot*," *Slavic Review*, vol.50, no.4, Winter 1991
Карамзин, Н. М.〔1984〕*Сочинения в двух томах*, т. 1, Л., Художественная литература
Карманный словарь иностранных слов, вошедших в состав русского языка, вып. 1,〔1845〕, СПб, тип. Губ. правл.
『記憶された身体――アビ・ヴァールブルクのイメージの宝庫　アルベルティーナ版画素描館／オーストリア国立図書館より』、〔一九九九〕、国立西洋美術館
小林秀雄〔一九七八〕『新訂小林秀雄全集』第五巻、第六巻、新潮社
Koch, Gertrud〔1987〕"Béla Balázs: The Physiognomy of Things," translated by M. Hansen, *New German Critique*, 40, Winter 1987
Крапивин, Г. Н.〔2014〕"К чему приложил руку игумен Пафнутий?", *Русская литература*, 2014, № 4
Kripke, Saul A.〔1980〕*Naming and Necessity*, Basil Blackwell and Harvard Univerity Press. ソール・A・クリプキ、『名指しと必然性――様相の形而上学と心身問題』、八木沢敬、野家啓一・訳、〔一九八五〕、産業図書
Крылов, И. Ф.〔1989〕*В мире криминалистики*, изд. 2-е, Л., Изд-во ЛГУ
Kunstmuseum Basel: The Masterpieces,〔2011〕, Hatje Cantz
黒澤明〔一九八八〕『全集　黒澤明』第三巻、岩波書店
Langdon, Helen〔1994〕*Holbein*, 2nd edition, Phaidon. ヘレン・ランドン、『ホルバイン』、保井亜弓・訳、〔一九九七〕、西村書店
Laplanche, Jean et Pontalis, J.-B.〔1976〕*Vocabulaire de la psychanalyse*, 5e édition, Presses universitaires de France. J・ラプランシュ、J・-B・ポンタリス、『精神分析用語辞典』、村上仁・監訳、〔一九七七〕、みすず書房
Lavater, John Caspar〔n. d.〕*Essays on Physiognomy*, translated by Thomas Holcroft, 19th ed., Ward, Lock, & Bowden

Lévinas, Emmanuel〔1961〕*Totalité et infini: Essai sur l'extériorité*, Martinus Nijhoff. エマニュエル・レヴィナス、『全体性と無限』上・下、熊野純彦・訳、〔二〇〇五〕、岩波書店（岩波文庫）

Lévinas, Emmanuel〔1982〕*Éthique et infini: Dialogue avec Phillipe Nemo*, Fayard. エマニュエル・レヴィナス『倫理と無限——フィリップ・ネモとの対話』、西山雄二・訳、〔二〇一〇〕、筑摩書房（ちくま学芸文庫）

Личный экземпляр Нового Завета 1823 года издания, подаренный Ф. М. Достоевскому в Тобольске в январе 1850 года (Евангелие Достоевского, т. 1), 〔2010〕, М., Русскій Міръ

Литературное наследово, т. 73, кн. 1, 〔1964〕, М., Наука

Mainwaring, Marion (ed.)〔1973〕*The Portrait Game*, Chatto and Windus

Malenko, Zinaida and Gebhard, James J.〔1961〕"The Artistic Use of Portraits in Dostoevskij's *Idiot*," *The Slavic and East European Journal* , vol. 5

Morson, Gary Saul〔1997〕"Tempics and *The Idiot*," K. A. Grimstad and I. Lunde (eds.), *Celebrating Creativity: Essays in Honour of Jostein Børtnes*, 〔1997〕University of Bergen

元木幸一〔二〇〇二〕「美しく、白い壁——ドイツ宗教改革のイコノクラスム」、『西洋美術研究』第6号

中村喜和〔一九九〇〕『聖なるロシアを求めて——旧教徒のユートピア伝説』、平凡社

岡田温司〔二〇一五〕『映画は絵画のように——静止・運動・時間』、岩波書店

大石雅彦〔二〇一五〕『エイゼンシテイン・メソッド——イメージの工学』、平凡社

大塚英志〔二〇一三〕『ミッキーの書法——戦後まんがの戦時下起源』、角川学芸出版

大塚英志〔二〇〇九〕『アトムの命題——手塚治虫と戦後まんがの主題』、角川書店（角川文庫）

Peace, Richard〔1971〕*Dostoyevsky: An Examination of the Major Novels*, Cambridge University Press

Подорога, В. А.〔1995〕*Феноменология тела*, М., Ad Marginem

Подорога, В. А.［2006］*Мимесис: Материалы по аналитической антропологии литературы в двух томах*, том 1, Н. Гоголь, Ф. Достоевский, М., Культурная революция, Логос, Logos-Altera. *Полиция России: Век XVIII-век XX*,［2010］, М., АСТ
Процесс Веры Засулич: Суд и после суда,［1906］, СПб., Современник
Рахманов, Н. Н. (сост.)［1996］*Русская фотография: Середина XIX-начало XX века*, Планета
Rice, James L.［1985］*Dostoevsky and the Healing Art: An Essay in Literary and Medical History*, Ardis
Richie, Donald［1965］*The Films of Akira Kurosawa*, 2nd edition, University of California Press. ドナルド・リチー、『黒澤明の映画』、三木宮彦・訳、［一九九一］、社会思想社
Rosenblum, Naomi［1997］*A World History of Photography*, 3rd edition, Abbeville Press. ナオミ・ローゼンブラム、『写真の歴史』、大日方欣一ほか・訳、［一九九八］、美術出版社
Rowlands, John［1985］*Holbein: The Paintings of Hans Holbein the Younger*, complete edition, Phaidon
Розанов, В. В.［1996］*Легенда о Великом инквизиторе Ф. М. Достоевского*, М., Республика. ローザノフ、『ドストエフスキイ研究——大審問官の伝説について』、神崎昇・訳、［一九六二］、彌生書房
齋須直人［二〇一六］「ムイシュキン公爵の理念的原像としての聖人ザドンスクのチーホン——子供の教育の観点から」、『ロシア語ロシア文学研究』第四八号
斎藤環［二〇一四］『キャラクター精神分析——マンガ・文学・日本人』、筑摩書房（ちくま文庫）
佐々木果［二〇一二］『まんが史の基礎問題——ホガース、テプフェールから手塚治虫へ』、オフィスヘリア
澤田知子［二〇一五］『FACIAL SIGNATURE』、青幻舎
Schivelbusch, Wolfgang［1977］*Geschichte der Eisenbahnreise: Zur Industrialisierung von Raum und Zeit im 19. Jahrhundert*, Hanser. ヴォルフガング・シヴェルブシュ『鉄道旅行の歴史——一九世紀における空間と時間の工業化』加藤二

郎・訳、［一九八二］、法政大学出版局

Sekula, Allan［1986］"The Body and the Archive," *October*, vol. 39 (Winter, 1986)

Sennett, Richard［1977］*The Fall of Public Man*, Cambridge University Press. リチャード・セネット『公共性の喪失』北山克彦、高階悟・訳、［一九九一］、晶文社

Шкловский, В. Б.［1990］"О поэзии и заумном языке", *Гамбургский счет*, М., Советский писатель. ヴィクトル・シクロフスキイ、「詩と意味のない言語について」、『ロシア・フォルマリズム論集——詩的言語の分析』、新谷敬三郎、磯谷孝・編訳、［一九七一］、現代思潮社

Siegrist, Christoph［1993］"'Letters of the Devine Alphabet': Lavater's Concept of Physiognomy," Ellis Shookman (ed.) *The Faces of Physiognomy: Interdisciplinary Approaches to Johann Caspar Lavater*, Camden House

Sontag, Susan［1990］*On Photography*, Anchor Books

Sontag, Susan［2003］*Regarding the Pain of Others*, Picador. スーザン・ソンタグ、『他者の苦痛へのまなざし』、北條文緒・訳、［二〇〇三］、みすず書房

Stoichita, Victor I.［1997］*A Short History of the Shadow*, Reaktion. ヴィクトル・I・ストイキツァ、『影の歴史』、岡田温司、西田兼・訳、［二〇〇八］、平凡社

The Splendor of Dresden: Five Centuries of Art Collecting,［1978］, Metropolitan Museum of Art

Stoichita, Victor I.［2010］ヴィクトル・I・ストイキツァ、『絵画をいかに味わうか』、岡田温司・監訳、平凡社

Sylvester, David,［1987］*Interviews with Francis Bacon*, Thames and Hudson. デイヴィッド・シルヴェスター、『フランシス・ベイコン・インタヴュー』、小林等・訳、［二〇一八］、筑摩書房（ちくま学芸文庫）

高山宏［一九八七］「〈神の書跡〉としての顔——ラファーター『観相学断片』」、『メデューサの知——アリス狩りIII』、青土社

多木浩二［一九九〇］『写真の誘惑』、岩波書店

田島泰彦、斎藤貴男・編［二〇〇六］『超監視社会と自由――共謀罪・顔認証システム・住基ネットを問う』、花伝社

冨岡道子［二〇〇一］『緑色のカーテン――ドストエフスキイの『白痴』とラファエッロ』、未來社

Töpffer, Rodolphe［1839］*Les amours de M. Vieux Bois*, Ledouble. ロドルフ・テプフェール、『M《ムッシュー》・ヴィユ・ボワ』、佐々木果・制作、［二〇〇八］、オフィスヘリア

Töpffer, Rodolphe［1845］*Essai de physiognomonie*, autographié chez Schmidt à Genève. ロドルフ・テプフェール、『復刻版 観相学試論』森田直子・訳、［二〇一三］、オフィスヘリア

Цейтлин, Александр［1923］*Повести о бедном чиновнике Достоевского: К истории одного сюжета*, М., Главлит

Tytler, Graeme［1982］*Physiognomy in the European Novel: Faces and Fortunes*, Princeton University Press

Verhoeven, Claudia［2009］*The Odd Man Karakozov: Imperial Russia, Modernity and the Birth of Terrorism*, Cornell University Press

Wachtel, Andrew［2002］"Dostoevsky's *The Idiot*: The Novel as Photograph," *History of Photography*, vol. 26, no. 3, autumn 2002

Wasiolek, Edward［1967］*The Notebooks for* The Idiot, The University of Chicago Press

渡辺公三［二〇〇三］『司法的同一性の誕生――市民社会における個体識別と登録』、言叢社

Wechsler, Judith［1982］*A Human Comedy: Physiognomy and Caricature in 19th Century Paris*, University of Chicago Press. ジュディス・ウェクスラー、『人間喜劇――十九世紀パリの観相術とカリカチュア』、高山宏・訳、［一九八七］、ありな書房

四方田犬彦［二〇一一］『李香蘭と原節子』、岩波書店（岩波現代文庫）

Жуковский, В. А.［1885］*Сочинения В. А. Жуковского*, изд. 8-е, т. 5, СПб., Издание книгопродавца Глазунова

読書案内

(ちょっとひとひねりした)そのほかのドストエフスキーの読み方

番場 俊

今回、『白痴』ではじめてドストエフスキーを読んで面白かったという人は、そのほかのドストエフスキーの作品も読んでみたいと思うだろうし、ドストエフスキーにすでに親しんできた人は、従来の解釈とは一味違った解釈、そのほかのドストエフスキーの読み方を知りたいと思うかもしれない。そんな「そのほかの読み方」を提案してみたい。

なにを、どんな順番で?

ほかの作家でもそうかもしれないが、とくにドストエフスキーの場合によく話題になるのが、なにをどんな順番で読むべきかという問題だ。『白痴』から読みはじめる人は少ないと思うが、そのほかでは、なにからはじめるのがよいだろう?

個人的には、間違いなく『**カラマーゾフの兄弟**』だと思う。作家の最後、最大の長編からはじめるのは大変だと思うかもしれないが、いちどその世界に入り込んでしまえば、謎の殺人事件と真犯人捜し、宿命的な三角関係、小悪魔系美少女の登場等々、これほどエンターテイメント要素にあふれた作品はない。伝説のコメディドラマ『やっぱり猫が好き』(一九八八―一九九一年、フジテレビ系列)の三姉妹(もたいまさこ、室井滋、小林聡美)もそうだが、三兄弟(ミーチャ、イワン、アリョーシャ)もとにかくキャラが立っている。翻訳にはドストエフスキー・ブームのきっかけとなった亀山郁夫訳(光文社古典新訳文庫)、長いあいだ定番だった原卓也訳(新潮文庫)など種々あるが、これも個人的には、クセのつよい長い段落をそのまま切らずに訳した「ハラタク」訳をすすめたい。

次はというと、奇をてらうわけではないが、『**悪霊**』

（江川卓訳、新潮文庫ほか）はどうだろう。テロリストの論理と心理といった「現代的」な主題はもとより、「あんな人のことなんか、ペッペデス！」と妙なフランス語を振りまわすステパン氏とか、ちょっとおかしなロシア語で「自殺によって人は神になる」などととんでもないことをいい出すキリーロフなど、この小説もキャラ立ちがすごい。主人公のスタヴローギンにいたっては、世のドストエフスキー愛好家の半分くらいは、おそらく「スタヴローギン萌え」なのではないか。

この二作品に比べると、「人を殺すのはなぜいけないのか？」という問いで有名になった**『罪と罰』**（江川卓訳、岩波文庫ほか）は、最初に読むには少々難解なのではないかと思うし、デビュー作**『貧しき人々』**（安岡治子訳、光文社古典新訳文庫ほか）ともなると、間違いなく玄人向きの小説である。ただし後者などは、「ドストエフスキー＝難解で深遠な作家」といった先入見を捨てて読むと、コミカルな中年残酷物語として俄然面白くなってくる。

最初の二、三作が面白く読めれば、あとは放っておいても読者は勝手に読み進めることだろう。ただし入手しやすい文庫に入っている作品には偏りがあるから、ドストエフスキーの幅の広さを知ろうと思ったら、適切な道案内が必要になる。その際には、いずれも沼野充義の編集になる二冊――知られざるユーモア短編を集めた**『鰐』**（講談社文芸文庫）、手紙の抜粋なども含むアンソロジー**『ドストエフスキー』**（ポケットマスターピース10、集英社文庫）――が貴重だ。

「ほかの読み方」をするためには？

ドストエフスキーの小説を読んでいくにつれて、もっと深く知りたい、批評や研究書も読んでみたいという気持ちになってくるかもしれない。もちろんそんなものは読まなくてもいいのだが、もし読むとしたらどんなものがおすすめか。

少々古くなるが、対照的な二人として、小林秀雄と江川卓はどうだろう。小林秀雄は**『ドストエフスキイの生活』**（新潮文庫）がいまでも新刊本で手に入る。本書でも引用した『罪と罰』や『白痴』に関する作品論は新潮社の全集でしか読めないようだが、作品の謎に真正面から突き当り、しばしば絶句しながら言葉を絞り出していく姿は感動的だ。対して、ここ数十年の日本のドストエフスキー研究は、小林秀雄の呪縛から逃れるために発達してきたといってもよい面がある。その先駆者、江川卓の仕事としては、**『ドストエフスキー』**（岩波新書）と**『謎とき『罪と罰』』**（新潮選書）の二冊を挙げよう。簡潔な前者はドストエフスキー研究入門としても最適。ただし、江川の仕事は（後述のバフチンもそうだが）、その後、似たような「謎とき」本が相次いだせいで少々陳腐になってしまったところもある。それでは物足りないという人は、古本屋で探すか図書館で借りるかして、中村健之介**『ドストエフスキー・作家の誕生』**（みすず書房）を読むことをおすすめする。なによりも、その引用の妙を味わってほしい。重々しく哲学的で、難解だったはずの『地下室の手記』の冒頭さえ、中村の手にかかると、はあはあ息を切らしながら観客へのサービスにはげむ、売れない芸人の独演会みたいなものに近づいていく。「わたしはねぇ、病気持ちなんですよ……腹黒い男なんです。魅力ってものの無い奴なんですよ。肝臓がわるいんだと思うんです」。既成のドストエフスキー像ががらがらと崩れ落ち、ひりひりするような皮膚感覚とともに、生身の作家の、「そのほかの」姿が立ち現れてくるのだ。

さらにその先のドストエフスキー研究についても、古典的なものを挙げておく。ミハイル・バフチン**『ドストエフスキーの詩学』**（ちくま学芸文庫）はもちろん必読（これは増補改訂版の訳だが、初版の訳『ドストエフスキーの創作の問題』平凡社ライブラリーもある）。ただし、バフチンそのものはめっぽう面白いのに、バフチン理論を使ったドストエフスキー研究が、なぜどれもこれもつまらないのかは謎だ。精神分析のフロイトについても似たことがいえて、『夢判断』はあんなに面白いのに、**「ドストエフスキーと父親殺し」**（光文社古典新訳文庫ほか）はつまらない（岩本和久**『フロイトとドストエフスキイ――精神分析とロシア文化』**東洋書店の冷静な議論を参照してほしい）。あと意外なところでは、**『ナボコフのロシア文学講義』**上（河出文庫）が面白い。『ロリータ』の作者ウラジーミル・ナボコフのドストエフスキー嫌いは有名だが、その観察は正確で、ドストエフスキーに対する愛ゆえに眼を曇らされてしまった者には、はじめて気づかされることも多い。

そのほかには?

作家の生涯について知るための伝記としては、これも古いが、L・グロスマン『**ドストエフスキイ**』(筑摩書房)が重宝する。ドストエフスキーの人と作品に加えて、小説と犯罪報道の関係という興味深い問題も紹介している亀山郁夫『**ドストエフスキー　父殺しの文学**』上、下(NHKブックス)はお得。作家の日常を知るためには、アンナ夫人の回想(アンナ・ドストエフスカヤ『**回想のドストエフスキー**』1、2、みすず書房)を読むとよい。そのほか、お金と時間と忍耐力のある方は、番場俊『**ドストエフスキーと小説の問い**』(水声社)も、ぜひ。

あとがき

〈顔〉について書きたいと最初に思い立ったときから、もうずいぶん長い時間が経っている。最初に『白痴』論を書いたのは一九九七年だから、もう二〇年以上も前のこと。その後もなにかにつけて〈顔〉を主題とするものを書いてきたし、授業でも何度も取り上げてきた。いいかげんうんざりしてしまっても不思議ではないし、実際、本書にもこれまで書いてきたことの断片が随所に取り入れられている。「私の顔は私には見えず、他者という鏡を必要とする」というフレーズも、いったい何回繰り返したことか。

だが、何度書いてみても、何度しゃべってみても、〈顔〉というこの主題については分かったという気になれず、うまくいったという気にもなれないのはどうしてだろう？　授業を終え、あるいは書きあげた原稿を送信してパソコンを閉じる、そのたびごとに、一抹の後悔というか、自分に対する不満というか、そんな気持ちに駆られるのはなぜなのか？

ある意味では、答えはもう分かっている。「顔は表象されることに抵抗する」から、あるいは「顔は指さすことしかできない」からだ。終わり近く、第6章の末尾で「顔は、内容となることを拒絶することでなお現前している」というレヴィナスのよく知られた言葉を引用したのもそのためだし、本書の結論もそこから外れてはいない。〈顔〉について書く試みがいつも失敗するのは、〈顔〉がその本性からして言説の主題にはなりえないものであるためにほかならない。だが……こと〈顔〉に関していえば、こういった耳障りのよい断定が、どことなく空虚に響くのはなぜなのか。

「そんなことはもう分かっている」と思うのだ。そんなことは分かっている。〈顔〉は表象されないし、他者は超越そのものであって、私の言説に包摂されてしまうことはない。そんなことは分かっているのだが、でもなお、この顔について、あるいはあの顔について、なにかを語りたい、書きたいという渇望は癒すことができない。それについていうべき言葉が見つからないときでさえも、あるいは、いうべき言葉が見つからないときこそ、〈顔〉は私たちから〈言葉〉を要求する。うまくいかないことは分かりきっているのだから、適当なところで切り上げてスマートに終えるのがいいに決まっているのだが、最後までそれにつきあい、いうべき言葉を探し、限界まで語りきらなければならない、そんな思いにとらわれるのである――能力不足も、勉強不足も、時間不足も棚に上げて。

ずっと欲求不満を抱えてきたこの主題について、雑誌特集号の記事でもなく、学術論文集の一章でもなく、一冊の書物を主題にした一冊の書物というかたちで書く機会を与えられたことは、だからとてもありがたいことだった。「最初から最後まで顔」というのが重要だったのである。だが、やはり、最初から最後まで顔について書くのはとても苦しい経験だった。書き上げてみて、学術論文っぽいところもあれば、ほとんどうわごとめいたところもある。いかにもドストエフスキー論といったところもあれば、生硬な理論をふりかざしてドストエフスキーから離れていくようにみえるところもあるかもしれない。少なくとも『白痴』論としては、これまでに類を見ないユニークなものになったような気がするが、下手な憶測はやめておこう。なにせ「私の顔は私には見えず、他者という鏡を必要とする」のだから、この本が実際どんな顔を読者にみせているのか、著者には分からないのである。

本書は書下ろしだが、第4章のホルバインに関する部分には以下の論考の一部が使われている。

番場俊［二〇一三］「他者の苦しむ顔を見る――ドストエフスキー、ホルバイン、写真」、栗原隆・編、『感情と表象の生まれるところ』、ナカニシヤ出版

同じく第4章のラファエッロに関する部分は、かつての同僚で、いまは立命館大学にいる二人、北野圭介氏と北村順生氏に呼んでいただいた第2回動態論的メディア研究会で発表した（二〇一六年九月一八日、河原町三条・MEDIA SHOP）。北野氏の無茶振りにつきあうのはときにしんどいこともあるが、結局はいつも自分にとってプラスになっているように思う。〈顔〉について書いてみたいなどという野望を抱くきっかけとなったのは日本女子大学の遠藤知巳氏との出会いだが、大著『情念・感情・顔』（以文社）の重みをいまだに受けとめえずにいるいま、どのような感謝の言葉を述べ

てよいものか迷う。本書はまたＪＳＰＳ科研費の補助を受けた研究成果の一部であって（課題番号一六Ｋ〇二五六四および一七Ｈ〇二三二九）、後者ではとりわけ名古屋外国語大学の亀山郁夫先生、中央学院大学の望月哲男先生のお世話になった。

編集の中西豪士氏にはたいへんなご迷惑をおかけした。過去のメールを検索してみると、最初の連絡をいただいたのは二〇一六年四月七日。それから三年、仕事の遅れに対する言い訳ばかりで、さぞかし不愉快な思いをされたことと思う。だが（私事にわたって恐縮だが）、まさしくこのタイミングでこの仕事の話をいただいことがどれほど励みになったか、その事情は話していなかった。いま、無事このあとがきを書くことができる喜びをかみしめている。この小著は妻の純子に捧げたい。

二〇一九年二月二四日、新潟にて

番場 俊（ばんば・さとし）
1969年、東京都生まれ。
東京大学教養学部教養学科第二卒業。東京大学大学院総合文化研究科超域文化科学専攻博士後期課程単位取得退学。博士（文学）。現在、新潟大学人文社会科学系教授。専門は、ロシア文学・表象文化論。
著書に、『ドストエフスキーと小説の問い』（水声社）、論文に、「小林秀雄のドストエフスキー／再読」（『ユリイカ』第33巻6号）ほか。

いま読む！名著
〈顔《かお》の世紀《せいき》〉の果《は》てに
ドストエフスキー『白痴』を読み直す

2019年4月30日　第1版第1刷発行

著者　番場 俊
編集　中西豪士
発行者　菊地泰博
発行所　株式会社現代書館
〒102-0072　東京都千代田区飯田橋3-2-5
電話 03-3221-1321　FAX 03-3262-5906　振替 00120-3-83725
http://www.gendaishokan.co.jp/
印刷所　平河工業社（本文）　東光印刷所（カバー・表紙・帯・別丁扉）
製本所　積信堂
ブックデザイン・組版　伊藤滋章

校正協力：高梨恵一

ISBN978-4-7684-1015-8
定価はカバーに表示してあります。乱丁・落丁本はおとりかえいたします。

活字で利用できない方のための
テキストデータ請求券
〈顔の世紀〉の
果てに